巅峰荣耀 第一卷

TOP GLORY

蝴蝶蓝 著
猫树/绘

云南出版集团
云南美术出版社

CONTENTS

十五岁的夏天

盛夏的午后，烈日炎炎，空气中热气氤氲。苏沐橙走到路边的冷饮小摊，想买根冰棍解解暑，结果就连卖冰棍的都不顾这暑天正是卖冷饮的好时候，不知躲到哪里避暑去了。

苏沐橙等了会儿也不见人，只好无奈地离开。沿着空寂的街道又走了一会儿，来到了一家网吧，推门走进去，迎面而来的冷气让她长长地舒了一口气，跟着就听到网吧里一浪高过一浪的喧闹声。

怎么了？

苏沐橙好奇地望向那片喧闹。网吧的网管也已经看到这个刚进来的小姑娘，没像招呼客人那样殷勤地立刻迎上来，而是乐呵呵地挥手打了个招呼:“小沐橙来啦?”

“嗯，崔哥。”苏沐橙也和对方招呼了一声。

“又来给你哥哥送饭呀！”崔哥看到了苏沐橙手里提着的保温饭盒，对这一幕一点儿都不陌生。

“是呀，他在哪里？”苏沐橙问道。

“就在那边。”崔哥指了指那片喧闹,“不过，他今天可能会有些吃不下去。”

“怎么？”

“他遇到对手了。”崔哥笑道。

对手?

苏沐橙愣了愣。虽然她并不十分清楚哥哥每天在电脑上折腾的那些个电子游戏到底是怎么一回事，但她心中一直有一个概念：她的哥哥很厉害，玩这些与其他人对战的游戏，极少会输。

对手？那就是说，能和哥哥打得不相上下的人吗?

苏沐橙向那片喧闹走去。两台背对着的电脑被里三层外三层围了个水泄不通，苏沐橙人小个儿矮，努力踮着脚尖也没办法看清里面到底发生了什么事。只听得这些人继续大呼小叫，一会儿叹息，一会儿惊讶。

“苏沐秋你今天不行嘛！”忽然有人喊了一嗓子。

不行?

苏沐橙心下更是惊讶:竟然不只是不相上下，而是一个哥哥无法战胜的对手吗?

苏沐橙很想看个究竟，于是奋力朝人堆里挤着。苏沐秋是这网吧的常客，苏沐橙因此也经常出入，和网吧的网管还有一些熟客都不陌生。这时有人认出苏沐橙后，纷纷将她往里让，大家都挺喜欢这个漂亮的小姑娘的。

终于挤进来了!

苏沐橙长出了口气,抬眼一望,就看到坐在对面电脑前的哥哥,脸上神情是极其少见的严肃。

他的对手呢?

对手就在苏沐橙的眼前，但她只能看到这人的背影，看起来是个和哥哥年纪不相上下的少年。苏沐橙的目光很快就落到了他的双手上。那是一双很好看的手，此时正在键盘和鼠标上灵巧地飞舞着，清脆的敲击声不绝于耳，伴随着周围人阵阵的惊叹。

这人很厉害吧!

苏沐橙并不太懂这些电子游戏，但只是看眼前这个少年操作的架势，心里不由得就生出了这样的念头。正在这时，围观人群又爆起一阵惊呼，有惊讶，有遗憾，这一场对决，就这样分出了胜负。

谁赢了？

苏沐橙不用去看电脑屏幕，只是看对面哥哥的神情就已经能判断出结果来。

顿时，各种看热闹不嫌事大的嘲讽响起来了。就这围着的几圈人里，有不少都是苏沐秋的手下败将。眼下一看苏沐秋也吃了败果，个个兴高采烈，可算是出了一口气。

苏沐秋翻着白眼，神情有点尴尬，却也没生气。这些瞎起哄的家伙，倒有一大半算是他的朋友，此时的嘲讽奚落，那都是玩笑性质。平日里大家都是损来损去的，只可惜苏沐秋有强大的胜率做后盾，在这群人之中总是稳居上风。今天可算是让这些家伙捉着痛脚了，能不伺机玩命地嘲讽吗？

“苏沐秋你妹妹来送饭了，还是吃饱了长点力气再来吧！”这时有人喊了一嗓子，众人又是一阵笑。苏沐秋闻声抬头一找，就看到了站在对面的苏沐橙。

“不打了。”于是，他立即一推键盘站了起来。

“吃饱了再来吗？”结果就听到他对面的家伙乐呵呵地问道。

众人大乐。这小兄弟真是上道啊，还知道配合着大家的思路一起放嘲讽呢！

苏沐秋这下被挤兑得够呛，恶狠狠地瞪了那家伙一眼，“来来来，你也一起吃，省得你一会儿输了找借口。”

“我有这种需要吗？”那人一边站起来，一边说着。

众人再度哄笑，看不出这小子不只技术了得，连嘴炮也是相当犀利啊！

“来吧，一起吃吧！”苏沐橙这时从这人背后钻了出来，主动打起了圆场。

“你是他妹妹吗？”那人扭头，看到苏沐橙，随即说起话来。

“是啊！”

“会玩游戏吗？”

“不怎么会。”

“要学哦，很有趣。”那人说道。

“沐橙快过来，别和陌生人说那么多话。”苏沐秋这时在前边打断了两人的交谈，招呼苏沐橙。

苏沐橙笑了笑，走到了苏沐秋的身边。网吧里有为等位客人设置的休息区，苏沐秋是在这边用午餐的常客了。那个家伙倒也没客气，跟着两人就过来了。

苏沐秋从苏沐橙手里接过饭盒，娴熟地分起了饭菜，最后平均堆成了三份。看了看，又把其中一份向另一份里划拉了一些，将这份多些的给了苏沐橙，自己拿了少的一份，另一份留在桌上，用眼神示意对方自便。

“哥哥你吃这个多的吧！”苏沐橙立即说道。饭菜是两人份，就算多点也不会太富余。三人吃就已经够勉强，苏沐秋又拨了不少给苏沐橙，怕是连半饱都吃不到。

“我吃不下！”苏沐秋端起饭盒不让。

“哈哈哈，气的吗？不至于不至于，输赢很正常，平常心平常心。”那家伙倒是没客气就端起了饭菜，但是手速超快地将饭菜递到了苏沐秋面前，转眼就把一半又拨给了苏沐秋。

“我心情好，不用吃这么多。”他说着。

“你这家伙……”苏沐秋嘟囔了一句，现下也懒得和这人推来让去了。

“我以前没见过你呀！”苏沐橙这时和对方说起话来，这一次，苏沐秋再没用“不要和陌生人多话”为由来阻拦。

“哦，我路过的，进来随便玩玩，后来听说有高手，然后就……”

“然后什么？”苏沐秋瞪他。

“然后就讨教了一下，确实是高手，比我就差一点点。”他说。

“话别说得太早啊，吃完再战！”苏沐秋叫道。

“哈哈，不能了。”对方说道。

“干吗，想跑啊！”苏沐秋怒道。

“没钱了。”对方拍拍口袋说。

这理由太强大了。没钱，当然没办法在网吧用电脑了。

“算我的！”苏沐秋哪肯轻易放过。

“吃你的，网吧费用也算你的，还赢你，这不好吧？”对方说道。

“谁说你一定就会赢的？”苏沐秋说。

“当然偶尔也会输一下。”对方很自然地说道。

“吃不下了。”苏沐秋是真气饱了。

“不如你们回家玩去吧？”苏沐橙提议。

“哦？”

“家里……家里两台电脑的配置不太一样，有些游戏恐怕不太好打。”苏沐秋说道。

因为配置会对对战产生影响，其中一台的配置显然是要差很多，苏沐橙不太明白这些，以为有两台电脑就可以联机对战。

“总有不太影响的吧？”对方问道。

“听你这意思，你玩什么游戏都能赢我？”苏沐秋说。

“那不能，游戏太多了，总得是我会玩的。”对方说。

“别吃了！马上给我起来，跟我去决斗！”苏沐秋气得就差没掀桌了。

“我已经吃完了。”那人放下碗筷。

“走！沐橙你一会儿自己回家。”苏沐秋起身拖着那家伙就走，一秒钟都不耽搁了。

“一会儿见。”那人却还在回身向苏沐橙打着招呼。

“一会儿见。”苏沐橙笑着。

这一刻，她也没有想到，这个突然闯入她和哥哥生活中来的人，在未来的日子里会和她走过十年，甚至更久。

巅峰荣耀

请君入会

“二队跟紧一点，输出不要停！”

“一队的近战站开一点！远程都没角度了！”

“治疗自己跑着点，装啥大爷啊总等人给你让位？”

场景里充斥着魏琛的声音，团队频道里也时不时有他发出的消息。这场Boss击杀战已进行到了最关键的时刻，也难怪这位“蓝溪阁”的会长大人指挥起来都是手嘴并用了。

卫风城。

“孤独的城主山北”。

一星期只会刷新一次的野图Boss。位置不定，时间随机，能找到就已经难能可贵了，更可贵的是还能在毫无争夺干扰的情况下杀到最终阶段。野图Boss向来都是被各大公会、各大势力抢破头的，谁不知道最顶尖的装备最稀有的材料都是只从野图Boss身上出？

野图Boss击杀难度大，更有诸多的竞争者，能这样安安稳稳地落在手中的，真是千载难逢。

但越是这样，魏琛越是加倍小心起来。

“注意了注意了，就快红血了！”魏琛提醒着全团。Boss红血后会爆大招，战力增强，这是《荣耀》设定。多少团队猎杀Boss，就差最后百分之十，结果就倒在Boss这最后一波的爆发里了。

不过“蓝溪阁”的精英团，那在《荣耀》里可算赫赫有名。“孤独的城主山北”与他们也不止纠缠过一次，经验丰富，此时早已做好了防备。

眼看各分队都听从自己的提醒，完全做好了应对大招的准备，魏琛这才稍稍踏实点。但是，紧接着又在自己所属小队的频道里发出消息：“怎么样，情况怎么样？”

“放心，他俩都还在这儿呢，没有离开。”很快有小队成员回复。

“很好，盯紧了，不到最后一秒都不要放松。”魏琛说道。

“明白！”那边的小队成员对于老大略显夸张的小心戒备半点取笑的意思都没有，因为眼前他所盯着的这两位，让他们“蓝溪阁”吃过无数次的亏。

“一叶之秋”和“秋木苏”！

玩《荣耀》的如果不知道这两位的名字，那肯定是一只刚建号的菜鸟。论起目前《荣耀》最强的人是谁，最常出现的就是这两个名字。其他像“蓝溪阁”老大魏琛的术士“索克萨尔”，威名赫赫的拳法家“大漠孤烟”，有“大师”之称的驱魔师“扫地焚香”，也都是出了名的强者，但是一比起这两位，却总让人觉得好像还差了些。

魏琛一边在指挥团队击杀Boss，另一边特意派出了一个小队，专盯“一叶之秋”和“秋木苏”的举动，毫无疑问，就是因为觉得这两人威胁最大。

听到这两人还是没动静，魏琛心里就更踏实了几分。这两人的威胁，在他看来远比Boss的红血大招还要来得可怕。

“一队注意。”

“二队注意。”

“三队注意。”

各分队的队长此时也在关注Boss血线，大招爆发那一瞬间，他们得各司其职，此时已经纷纷开始提醒各分队队员要为这一刻做好百分百的准备了。

百分之十点二三；

百分之十点二一；

百分之十点二；

百分之十点一八；

百分之……十！

“挡！”一分队队长怒吼，队中骑士挺身向前，手中盾牌死抵向前。

轰！

仿佛翻滚的海浪，铺着青石板的坚硬地面，在这一刻突然翻起。石板碎裂，石中“孤独的城主山北”却不见了踪迹。

没人诧异，他们已不是第一次见到这种场面。“孤独的城主山北”就在空中，这石板的翻起碎裂，其实只是他的一跃之力。

“孤独的城主山北”暴走大招：“碎石地裂斩”！

但是因为众骑士的掩护，这仿佛浪花般要翻开的冲击力，都被硬生生地抵挡住了。

“射！”二分队队长下令。队中远程的无论枪系还是法系，攻击都已经直指空中。与此同时，负责治疗的第四分队不需指示，都已经开始对着一分队的骑士们疯狂刷血，不顾一切地刷。因为接下来，才是最关键的时候。

“驾！”一分队队长的又一命令下达了，一圈骑士，赫然齐齐向前迈进，最终汇集在高高跃起“孤独的城主山北”的下方，然后齐齐举起手中盾牌，结成一面大盾，而后纷纷开启骑士所有能加强防御吸收伤害的技能。

“蓝溪阁”的战士，是要硬顶“孤独的城主山北”的这一击，将他的这记“碎石地裂斩”，直接靠骑士强大的防护能力给他截在半空中。

“碎石地裂斩”的大范围杀伤力，是需要通过地面来传送的。被骑士这样用盾牌撑起，冲击波虽然依旧在，但比起借地传送，伤害却要下降百分之七十。

所以只要扛住这一击，团队的整体节奏就不会乱，就能抢在“孤独的城主山北”再次施展大招前击杀他。

落下！

“孤独的城主山北”手中是一柄重锤，职业系中不存在的武器，不过走的却是剑系的路子，这“碎石地裂斩”也是狂剑士“地裂斩”的无限加强版。此时落下，直撞由八个骑士共同结成的大盾。

咣！

巨响，刺得人耳膜都发胀。更有刺眼的光芒在同一刻迸发出来。

魏琛的“索克萨尔”在绕圈游走，他在观察八位骑士的站位有没有纰漏，结果此时就见一道人影，忽然朝着碰撞的中心窜去。

“是谁！”魏琛立时就骂上了，此时根本还没到可以发起攻击的时候，是哪个队伍的家伙这么心急？光芒太刺眼，让魏琛没办法看清对方头顶的ID。

结果接下来的一幕就更让魏琛发疯了，冲上前的家伙，突然撩起一道寒光，最后竟是落在了八名骑士其中之一的身上。

这名骑士立刻就被掀向半空，跟着波动之力的绞杀，竟是一记“裂波斩”！

“有卧底混进来了！”魏琛怒吼着，但是眼下，卧不卧底的真不是重点。“孤独的城主山北”的“碎石地裂斩”还在和八名骑士角力，在这紧要关头，这边却突然出现了缺口！

八名骑士的排阵是有讲究的，多一人，挤不成这一个圈，少一人，伤害就分担不完！

虽然之前的八人阵已经一起消化了一部分伤害，至少八人被秒已不可能。但是，冲撞还没结束，此时突然缺了一角，这“碎石地裂斩”的威力立时向着缺口处倾泻下！

“顶住！”魏琛这时才意识到，自己第一时间该让大家注意的并不是那个卧底。

其他七位骑士急忙要向这边缺口支援，却都已经迟了。虽然冲击力如此猛烈，发力方向有了变动，而且相当一部分威力已被众骑士抵消，但到底还是造成了“蓝溪阁”意料不及的场面。

七名骑士，受到缺口处传入的威力冲击，个个都站立不稳，像是被浪花推开了一般，而这股从缺口处传入的残余威力，也继续表现着它“碎石地裂斩”的特点，残缺不堪地借地传力。

但是这种时候，已无退路。

“顶住！杀！”魏琛一声令下，强杀！

治疗顿时成了场中最忙碌的人，因为威力骤减，所以没有一击致命的伤害；因为威力的残缺，借地面造成的攻击传送一点都不全面，这有那没有的……

各队的攻击手尽可能地躲避着，发起攻击，各治疗队员手忙脚乱，左支右绌。

魏琛又是喊，又是打字，此时手、嘴一齐动都嫌不够，只恨自己没办法再多一个指挥方式。结果就在这一片混乱的局面下，魏琛忽然又发现了之前的那道身影！

这个家伙，搅和出了这么大的乱子，居然还没走？还混在人堆里？

“夜雨声烦”！

魏琛飞快地记下了这个角色的名字，再一看职业，是一个剑客。

什么时候出现的？

魏琛发现自己真是一点印象都没有，这不是他认识的人，这样一个陌生的名字，什么时候起混在他们当中的，竟然没有一个人发现？

那么眼下呢？

魏琛发现除了他，居然没有一个人察觉到这剑客的存在。每个人应对这混乱的局面都自顾不暇，根本就顾不上其他。

不……不止是这么简单！

魏琛发现这个剑客还在走位，还在运动，这家伙……居然还上去给了“孤独的城主山北”一击，这个过程，也没有任何一名“蓝溪阁”的玩家察觉到，他就好像是一个透明人一样。

他当然不是真的透明，而是一直在巧妙地钻着空子，他身处这混乱的局面中，却能飞快地洞悉哪个位置是不会有人注意到他的空当。

很有两下子！

魏琛发现对方有着超乎他想象的才能，但是他不动声色，没有立即提醒团队。不过身上并不承担太多战斗的他，多了一个关注的目标。

那个叫“夜雨声烦”的剑客还在游走着，依然是用那种钻空子的方式，魏琛越来越感到惊叹了。他自认是一个水平远超一般玩家的高手，但恐怕也没有这家伙这么敏锐的判断和捕捉空当的能力。

“这人到底是谁？”魏琛开始有点好奇了，同时终于在团队里发出消息，“注意听我指示，不要迟疑。”

“蓝溪阁”的诸位似乎很习惯他们的老大临时搞出什么花样，对这样的指示，竟有心领神会之感。

“一队略退，二队四点钟，三队对位，五队六队顶上，四队跟紧一队！”魏琛指示不断，开始布局。此时在他眼中，他们要面对的对手已经不只是“孤独的城主山北”，而是连带那个剑客在内。这家伙钻空子攻击的方式，让魏琛越看越是心寒，因为他已经意识到这家伙的意图了。这家伙，是抢最后一击来了，而以他这种能力，要不是自己察觉到他的存在，这一击怕是十拿九稳！《荣耀》针对击杀Boss的分配计算相当复杂，但最后一击，是一定有一部分奖励的，绝不能轻易被别人夺走。

团队有所调动，针对“孤独的城主山北”的攻击自然有所放松，魏琛正精心将那剑客往自己布下的陷阱中带，结果忽然就听到一阵气急败坏的声音:“我去，你们到底会不会打啊？”

“差不多就要拿下了，这是搞啥呢？”

“‘蓝溪阁’不都是精英吗？有没有团队素养啊？”

“你们指挥是哪个啊？能不能更猪点啊？”

比魏琛快的语速，比魏琛还要快的消息，更关键的是不重复，还有配合，一句话说出的时候一串字也跳了出来，最后就听声音和文字泡齐飞，内容上完全不一样，但又连接得上。

这下再不注意到这位可就不可能了，一堆人发现了“夜雨声烦”，顿时也乱成一团,“这谁啊！”

“这就是刚才的那个卧底吧？”

“干啊！”

不少人的攻击已经招呼上去了，但魏琛这时却完全愣掉。这什么情况啊！这种时候是应该吐槽的吗？多忍一会儿能死啊！吐就吐吧话还这么多，今儿不弄死你都对不起你这只猪！

魏琛的布局本就是针对他的，此时众人自发地开始攻击后顿时感觉特别顺手，配合起来也特别舒畅。

“夜雨声烦”也突然意识到对方忽然调整的目的了，已经暴露了的他更是一点都不掩藏，话匣子大开:“我去，原来是针对我的，好卑鄙啊！”

“这边，这边？哈哈，还没完成，还是有空当的！”

这家伙一边嚷嚷着，一边就要钻空子开溜。

“教你个乖啊小子，这不叫钻空子，这叫请君入瓦！”魏琛的“索克萨尔”闪出，一记“六星光牢”准确地卡在了所谓的空当。

“瓦你个头啊，是瓮吧？”“夜雨声烦”已被困，肯定是逃不掉了，但嘴上却还是不闲着。

“管是什么你都给我去死吧！”被拆穿了错别字的魏琛顿时恼羞成怒。

“你等着，我和你们‘蓝溪阁’没完！”“夜雨声烦”倒下前犹自在叫。

“等你，下回记得低调点。”魏琛说。

最初的朋友，一生的对手

十二月三日，荣耀，不见不散！

浓墨重彩的大字，双剑交叉，展翅仿佛就要飞出纸面的Logo，大大小小地侵占着电视、网络，甚至是城市的每一个角落，持续了已经足足有一个月。

“一个月？到十二月三日，正好六周，是四十二天啊！”苏沐秋一边说着话，一边随手关掉了刚刚打开的网页上弹出的《荣耀》广告，这款即将推出的网游，真是无时无刻不在冲击着所有人的视线。

咔咔咔……

回答他的却只是键盘和鼠标的声音，轻快，却富有节奏。

苏沐秋偏头向这边看了一眼，荧光闪闪的屏幕上，游戏里杀得血流成河，映出的却是一张漫不经心的脸，显然做这种事对这家伙而言根本用不着出全力。

“听见我说话了没有！”于是苏沐秋分外不爽地又追问了一句，就这种程度而言，那家伙根本不至于聚精会神到两耳不闻窗外事。

“听到了,《荣耀》，我耳朵都喷出血来了你看到了没有？”叶修说着。自从《荣耀》开始了铺天盖地的宣传后，苏沐秋每天要提这游戏不知道多少遍，天知道他对这游戏到底有多期待。

“宣传时间虽然并不算长，但看这个势头，足够了。这个游戏一定会大有可为的。”苏沐秋说。

“嗯。”叶修反应平淡，实在是听腻了。

“听说这游戏不再用账号密码登录，需要刷卡。”苏沐秋说。

“嗯。”

“需要专用的读卡登录器。”苏沐秋说。

“嗯。”

“读卡登录器倒是还算便宜。”苏沐秋说。

“嗯。”

“但是，对电脑的配置要求，好像有点高啊！”苏沐秋说。

“是吗？”叶修终于动容，键盘、鼠标突然噼里啪啦一通怒响，屏幕上血光更盛，但是很快归于平静。叶修转过了身，神情无比严肃，“要什么配置？”

苏沐秋没说话。他这儿有两台电脑，配置稍好的那台，也仅仅是达到《荣耀》要求的最低配置，至于另一台那就差得有些离谱了。叶修不怎么钻研电脑硬件，但也算跟这两台电脑打了好几个月交道了，苏沐秋相信自己根本用不着解释。

“得换了。”叶修继续严肃脸。他看起来对《荣耀》没有苏沐秋那么期待，但是显然他也不想失去选择的权利。游戏是好是坏，终归需要玩一下才知道。

“是得换，不过最近手头有点紧……”苏沐秋说。

在这儿已经生活几个月的叶修当然也清楚这兄妹俩的状况。兄妹俩是孤儿，也没有亲戚，全靠苏沐秋当职业玩家玩游戏来养活。叶修来了以后，职业玩家多了一个，不过靠这些来营生，混个温饱压力不大，但要说一下子就拿出两笔钱来换两台新电脑，那可就有些捉襟见肘。但凡能有点富余，苏沐秋早就不会忍受他那台古董机了。

“看来只能先去网吧了。”叶修说。

“是的。”苏沐秋连连点头。

“看来你也早就物色好网吧了？”叶修说。

“当然，我都穷了一个多礼拜了。”苏沐秋坦然。

十二月三日，零点。

《荣耀》的这个开服时间选得真是不怎么厚道，凌晨零点，这对于绝大多数网游玩家来说都是该下线关机的时间了。但是对此安排的微词，很快就淹没在无数玩家的热情当中了。

六周，四十二天。在《荣耀》铺天盖地的宣传攻势下，再加上富有节奏的游戏设定透露，早把所有网游玩家的胃口给吊起了，谁还会在意开服是中午十二点还是凌晨零点这种细节？

这一夜，无数人摩拳擦掌。

这一夜，各大城市的网吧成了最为灯火辉煌的夜店。

H市，嘉世网吧。

叶修和苏沐秋一大早就跑来占了两台电脑，越接近凌晨，两人的举动越发地显得英明果断。超多的人聚集在网吧，却因为没有空机位而郁闷暴躁。时至今日，像叶修和苏沐秋这样因为家里玩不了而跑来网吧用电脑的人是极少的，网吧已经成了一种聚会场所，毗邻而坐、一起玩游戏和只在线上交流的感觉可是大不一样的。

临近零点，嘉世网吧座无虚席，那些没有等到电脑的人都已经悻悻离去。网吧老板陶轩在网吧中溜达着，十分满意眼下的场面。为了《荣耀》这款游戏，他也算是下了血本了，网吧所有电脑大更新，全部配装了《荣耀》登录器。就周围这一带，没有哪家网吧做得像他这么彻底的，绝大多数网吧都还在观望。虽然《荣耀》宣传得很强势，很引人关注，但说不定最后又是一场泡影呢？这么多年下来，让人期待而来失望而归的游戏还少吗？

要说陶轩心中一点忐忑都没有那也是假的。望着挂在墙上的时钟，眼看着分针已经稳稳指向零点，他狠狠掐灭了手中的烟头，冲向他已准备就绪的电脑。

他也是个网游爱好者，这《荣耀》到底会怎么样，他准备亲自尝试。

零点！

热闹的网吧反倒安静下来。

刷卡登录？之前没有过，大家都比较笨拙地操作着。

再然后，所有人陷入深深的思考，新号第一件事，起名……

“我来我来！”苏沐橙搬了个小板凳就坐在叶修和苏沐秋当中，这时雀跃着跳了起来。

“然后马上回去睡觉，听到没有？”苏沐秋一脸的严肃。

“知道啦！”苏沐橙已经拿过叶修的键盘，正在给他的角色起名。她不怎么玩游戏，而这就是她一直以来参与苏沐秋游戏的方式，叶修来了以后，她就连叶修的也一起参与了。

很快，一个名字就被她敲出来了，看起来是早有准备。

“一叶之秋。”叶修念着，“看着好像有什么不对？”

结果苏沐橙这时已经敲下了回车。

“好了！”她把键盘推回给叶修，再然后，就是该给苏沐秋的角色起名了。

“快点。”苏沐秋已经迫不及待了。

苏沐橙果然很快，三个字立即跳了出来。

“秋沐苏？”苏沐秋念了一下，脸顿时黑了下来，“喂喂，能不能更敷衍一点啊？我才是你的亲哥哥！”

这名字，分明只是把他的名字倒过来而已。

结果苏沐橙这一敲确认，系统提示:名字已占用。

苏沐秋抬头看了眼时间，零点刚过还不到一分钟，这样一个名字居然都被占用了，这到底是有多少人在抢进游戏？

苏沐橙的手挺快，一看名字被占用，飞快地重新输入了一个。

“秋木苏？”苏沐秋彻底无语了，然后就见确认，通过，他就叫“秋木苏”了。

“嗯嗯嗯。”苏沐橙连连点头，露出十分满意的神情。

“好了快回去睡觉吧！”苏沐秋开始赶人，时间已经不早，不过他们住得离这很近，周围一带兄妹俩都很熟，苏沐秋还挺放心苏沐橙一个人回家。

“等会儿再走。”苏沐橙似乎是看准了苏沐秋这时肯定舍不得离开电脑押送她回去，耍起赖来。

“就一会儿啊！”果然，苏沐秋立即就妥协了，转头开始专注游戏。

“我说叶修你选的什么职业啊？我经过反复考虑，还是决定玩神枪手了，要不你也玩神枪手吧，两个神枪手我觉得配合度应该很大的。”苏沐秋说道。

“先试试手再说吧！”叶修说着。

《荣耀》的职业并不是进入游戏时就选定的。最初的角色可以随意学习全职业系的技能，算是给玩家一个全面的体验，然后在二十级时进行转职，这才确定最终职业。

苏沐秋根据官方透露的资料，已经提前选定了枪系的神枪手。

而叶修呢，则是准备在游戏里全面体验一番后再下决定。不过眼下，无论是直奔神枪手去，还是想全面体验，都遇到了无法越过的障碍。

人多啊！

人太多了。多到几乎寸步难行，多到苏沐橙看了一会儿后就开始犯困了。

“我要回去睡觉了。”苏沐橙准备先走，她是想看看热闹的，但是眼下热闹得有些过头，热闹到已经没有热闹可看了。

“去吧！”苏沐秋头都没回。游戏虽然没办法正常进行，但是不影响研究里面的很多设定。眼下苏沐秋就进入了《荣耀》的装备编辑器，这个据说是完全可以由玩家来自行设计装备的系统，从公布那天起，就显得十分高端神秘，苏沐秋早就想见识一下了。眼下，他的“秋木苏”已经在裸奔了，系统赠送的那点新手装备，已经全被他扒下来做实验用掉了。

“我送你。”叶修起身。游戏一时间打不开局面，倒不在意耽搁这一会儿。

《荣耀》开服第一天，收获的抱怨远比兴奋要多得多。但是抱怨的无非是因为人多，在《荣耀》这无法穿透重叠的引擎下，角色互相挨着挤着，真是没办法正常游戏。

在玩家等级一批一批的提升上去，开始向着世界的各个区域分流出去后，游戏终于渐渐走上了正轨，玩家们这才开始真的感受游戏。

难！

这恐怕是所有人的第一印象。《荣耀》是绝对的技术流游戏，操作自由度极高，技术的好坏，对战力影响极大。太多的东西是需要靠技术，而非强力的装备或其他来实现。

当然，装备在《荣耀》中也是极为重要的。在网游中，能让玩家充满期待的东西，往往就是两样，装备和胜利。

《荣耀》竞技场。

作为一个技术流的游戏，玩家之间的相互PK绝对是重头戏。《荣耀》除了一般网游的那种野外PK系统以外，游戏里特设有一个竞技场系统，就是专供玩家对战PK所用。

荣耀！

两个大字在叶修的电脑屏幕中不断放大着，这是《荣耀》竞技场中PK获胜后的符号。一旁的公共频道中，不断跳出观战台玩家们的惊叹和讨论。

一个月,《荣耀》开服一个月。

叶修的“一叶之秋”已经是游戏里不大不小的一个名人，因为在竞技场，他保持着全胜的单挑战绩。

三千六百八十五场，三千六百八十五胜。

先不说胜场，但就这个场数就已经非常惊人。三千六百八十五场，意味着平均每天都要打一百多场，按一般玩家单挑对战一场大概三五分钟来算的话，他平均每天在竞技场里就要花上六到十个小时。

竞技场里有一些任务或是战绩奖励，不过奖励经验的比例不大，总体来说用竞技场来练级会非常缓慢。但是,“一叶之秋”的等级却也不低，三十二，这在当前来说属于等级榜前列了。

“这人一天要花多少时间来游戏啊？”公共频道里不乏类似的讨论。

事实上，玩家们还是有些低估叶修了。

他每天的游戏时间确实挺长的，不过在竞技里花的时间，却远不如他们想象中的那么多。

一个可以在三千六百八十五场单挑中不输一场的人，明显是有着碾压级的实力，他打一场单挑，通常都用不到三分钟，更别说五分钟了。绝大多数情况下，都是在一两分钟里结束战斗。

是很强，但是，还不是最强。

在目前的竞技榜上，除去那些PK场数极少的不说，百场以上的，还保持着全胜纪录的，并不是只有“一叶之秋”。而这一位，他的胜场数比起“一叶之秋”还要多些。

“大漠孤烟”。

叶修点出竞技场排行榜，排名在他“一叶之秋”之上的，只有这么一个名字。

和他的“一叶之秋”一样三十二级的等级，但在竞技场的胜场数是四千零一十二场，全胜。

他们二人之下，也有许多胜率超高的高手，但是到目前为止全胜金身不破的，只剩下他们二人。

无数玩家都在好奇这两位谁会金身先破，更有无数玩家期待着，这两人什么时候能对决一把。两人都全胜，这意味着两人到现在为止还没有碰到过。竞技场目前还没有邀战系统，都是由系统随机分配，不过这个分配系统是会计算玩家的等级、胜率、胜场等等，大家都相信这两位很快就会被系统随机抽到一起了。

“我也很期待啊！”看到周围玩家对此的议论，叶修嘀咕了一句，点击“准备”，心中也在祈祷着碰到这个“大漠孤烟”。

“喂喂喂，帮我来刷个副本。”结果这时身边有人叫上了，而叶修正在失望中，随机进来的对手，又不是“大漠孤烟”。

“什么副本？”叶修一边随口问着，一边和这个新对手进入了竞技对战。

“一线峡谷，我需要那儿的副本纪录。哦不，准确地说，是副本纪录的奖励。”苏沐秋说。

“稍等。”叶修说着，对战开始。

“速度。”苏沐秋嘴上催着，但看叶修刚开始了一局对战却一点也没有等不及的神色。因为他知道肯定会很快。

“走吧！”四十秒后，“一叶之秋”从竞技场退出，留下一频道被惊碎了的表情，刚刚落败的玩家，也是半晌都无法从失败中回过神来。

百分之九十六点一。

他这个胜率，已经称得上是高手了，不是百分之九十五以上的胜率，目前基本不会被系统随机分给叶修。

看到是目前保持着三千多场全场战绩的“一叶之秋”，这位一上来就相当小心。结果却被对方用四十秒就摧枯拉朽地击败了。比赛不是完胜，但这玩家感觉对方是完全有实力打出一个完胜的，有些损血，那是因为卖点血可以更快速地击败他。

“赶时间吗？”这玩家欲哭无泪，对方打发他打发得很轻松啊！自己可也是胜率百分之九十六点一的高手，在这“一叶之秋”眼中到底是个什么样的存在啊？

一线峡谷。

三十一至三十三级的练级区，目前等级前列的玩家基本聚集此处，刷野怪的，下副本的，人山人海。

以叶修的技术，刷野怪的话，他已经可以去更高级的烈焰森林甚至罪恶之城。一线峡谷这里，除了每天三次的副本机会，他已经很少过来了。

副门入口。叶修赶到的时候，苏沐秋已经聚起了一队人，正留着一个空位等他呢！

“动作挺快的嘛！”叶修对苏沐秋说道。

“那是，纪录谁不想破？”苏沐秋说。《荣耀》的副本，根据组队玩家的通关时间，有一个纪录榜单，是目前PVE玩家非常积极争取的一样东西。刷新纪录有丰厚的奖励不说，高挂榜单，那也是自己水平高的证明嘛！

“就你这一身，还真有人信啊？”叶修好奇。

他的“一叶之秋”的装备已经算得上是相当不凡。副本装备那些需要拼人品的，叶修也未必见得占上风，但竞技场里三千六百八十五场全胜，收获的积分和奖励足以让他从竞技场那兑换出两件令人艳羡的橙字装备。

至于苏沐秋的“秋木苏”，那就别提了，别说橙字装备，身上连件紫装都没有，蓝装也只占了一半，更有一半明显是为了凑数的绿字环保装。站在副本门口，就像是一个等人带的菜鸟新人。

苏沐秋当然不是什么新人，他的技术也绝对算得上是顶尖。他和叶修几乎一样的游戏时间，但是刚到三十一的等级，一身褴褛的装备，对竞技场的普通玩家来说还算不错，但对他来说绝对是令人发指的百分之六十七点八的胜率，完全都是因为他游戏的侧重点不同。

相比起其他玩家安心享乐游戏，苏沐秋这个需要靠游戏来养活自己和妹妹的职业玩家，一进游戏首先要找的都是能赚钱的盈利点。

卖身、代练、倒卖装备，甚至写外挂……各种各样的网络游戏中，但凡是能有点收益的活，苏沐秋什么没干过？

而《荣耀》这个新推出的游戏有着横扫天下的人气，苏沐秋也在当中找到了一个全新的盈利点:装备编辑器。

据官方介绍，这是一套可以由玩家自行摸索制作装备的系统，而他的价值，官方用一句话就概括了:自制装备未必是最强的，但最强装备，一定是自制的。而装备编辑器中产出的装备，亮银色的特有字色，看起来确实是凌驾于已经极度稀有的橙字装备之上的存在。

于是从第一天起，苏沐秋就研究起了装备编辑器。

系统相当复杂，到目前为止，苏沐秋手写的笔记本已经记满了两本，移动硬盘中随手存储的资料信息，已经多达四百七十七个文档，但就是这样，他也只是摸索出了个模糊的大概。

难度相当大。但越是这样，苏沐秋就越兴奋。难度大，意味着稀有，越稀有，价值就越高。

“一本万利啊！”苏沐秋非常激动。

于是他把游戏的所有收获全都投入到了对装备编辑器的研究当中，而叶修也时不时在上线后发现“一叶之秋”的装备又少了一两件，不用问，又是被苏沐秋拿去装备编辑器直接分解了。

装备编辑器让苏沐秋在游戏里也变得相当拮据，他发现，这个系统的研究，真的是需要相当大的物质支持。

“总是这样，不是个事啊！”苏沐秋的口气从“一本万利啊”渐渐有所转变了。他开始谋求经济实惠一些的生产方式，比如，刷个副本纪录。

“进队。”苏沐秋把叶修的“一叶之秋”拉入了队，然后就听到苏沐秋对那三个玩家说着:“怎么样，没骗你们吧？‘一叶之秋’对不对？”

合着是这么把队凑起来的？叶修无语，而那三位这时也正在惊叹着。“一叶之秋”，已经是高手的代名词，三千六百八十五场全胜太能说明问题了，哦不，就在刚才，已经胜三千六百八十六场了。

三位玩家围上来表示着对高手膜拜，这时苏沐秋宣布:“好了，准备出发。”

“啥？”那三人顿时连围观高手都顾不上了。

“你也去？”第一人惊叫。

“治疗呢？MT呢？”第二人惊叫。

“打法呢？”第三人惊叫。

苏沐秋只回答了四个字:“技术碾压。”

“就算有高手……”三人齐齐望向“一叶之秋”，只靠这一个高手，就能碾压出一个副本纪录？

“高手并不止一个。”苏沐秋很不谦虚地说着。

“还有谁？”一人疑惑。

“‘大漠孤烟’！”另一人激动了，目前能和“一叶之秋”比肩的高手，可不就是竞技榜上另一个全胜纪录的保持者——“大漠孤烟”吗?

“什么时候来。”第三人一想，肯定就是这样的。

“另一个高手就在你们眼前！”苏沐秋叫道。

“哪里哪里？”三人转动着视角，四下张望，实在没有发现“大漠孤烟”这个人。

“就是我！”苏沐秋说。

“谁在说话？”三人愣是把“秋木苏”当空气了，愣是以为这话不是苏沐秋说的，继续四下张望寻找高手的名字。

“我！”“秋木苏”不断地跳到三人视角里刷存在感。

“你？”《荣耀》有语音系统，玩家在游戏场景内都是直接对话，但是此时，三人必须要用表情才能表现出此时他们深深的震惊，眼前这位神枪手，从头到脚真的是连一根高手的毛都找不到。

“不要浪费我们次数好吗！”一人忍不住说道。

“哈哈。”叶修笑了，“他装备是破点，不过技术确实很好的。”

“竞技场胜率多少啊？”一人问，这个是最有说服力的数据。

“百分之九十七点八。”叶修眼都不带眨的，直接将苏沐秋胜率里的六倒过来改成九了。《荣耀》的竞技场是主城内的一个场景，进入场景才有竞技场模式，竞技榜也是要在那模式中查看的，叶修知道三人此时肯定没办法验证，吹一下毫无压力。更何况，这也不能完全说是吹。苏沐秋总是在竞技场里测试装备测试技能测试各种乱七八糟的设计，时常打着打着突然跑去记笔记或是查资料，这样不输那么多才怪。如果真以胜负为目的，叶修相信百分之九十七点八这种胜率不足以难倒苏沐秋的。

“好了不浪费时间了，这就开始，争取一次过。”苏沐秋说道。

“那该怎么打啊！”一人还在抓狂着。有叶修这样的超级高手认可苏沐秋的实力，大家顿时也就信了，那一身破烂装备的输出会有多低这个问题他们就假装不去考虑了。但是，刷纪录，这肯定是得打得非常有效率吧？如何配合都不安排，直接就打，这能出纪录吗？

“见怪就杀。走。”苏沐秋的回答简单之极，说着就已经进了本，叶修的“一叶之秋”随后，另三人又愣了足足有一秒，这才相继跟上。

进本一瞅，那两位已经冲出去开怪了。

“哎哟，我去真是啥话不说见怪就杀啊！”一人叫着。

一线峡谷副本是三十一到三十三级的副本，到这等级的玩家，每天三次那是必修课。这三位等级都是三十二，和叶修一样那也是等级处于游戏前列的人物，对这个副本已经毫不陌生，但是像今天这种简单粗暴的打法，真的从来都没有经历过。

“速度速度速度！”苏沐秋只是催促着，他的“秋木苏”端着两把破左轮，“砰砰砰”射个不停，当真是见怪就杀，只一转眼工夫副本入口处的六只小怪就全来了。

“妈呀……”三人腿都有点软了。他们在竞技场都是胜率百分之七十多，算得上是相当不错的。可就这副本，一上来就开六只怪真的从未见过。平日来下，MT拉怪治疗刷血，一般也就是开两只怪，装备好些的队伍，开三只怪。可现在，一个穿得跟个叫花子似的家伙，上来就开六只怪，这是何等的威风。三人顿时觉得这位大概是出身丐帮一类的人物，穿得是破点，但这是传统。武功的等级那是不看穿着的。据说最厉害的帮主，接任的时候还得被吐一身痰呢！

可这一下开六只怪，这怎么杀啊？

三人都不知道该从哪只怪下手，那边也没个指挥，结果就见“一叶之秋”冲上去了，四下走位，手中战矛挑扫点戳，六只小怪不消片刻都被他点到了一起，然后拂袖一挥，暗夜斗篷，魔道学者的低阶技能。这一招过去，六只小怪顿时被聚在一起了。

“都干吗呢？快输出啊！”苏沐秋喊上了，三人这才如梦初醒，什么叫技术碾压，他们算是见识到了。只是这之前，他们实在无法想象技术可以达到这种程度。

“胜率百分之九十以上的高手，真的太变态了。”一人感慨着。

“不是百分之九十，是百分之百！”另一人郑重地纠正着他。

“不知道他和‘大漠孤烟’谁厉害啊？”

“我看过‘大漠孤烟’的竞技场比赛，特别猛。”

三人开始还紧张呢，但渐渐地发现，没压力，真的太没压力了。开怪、引怪、聚怪、抗怪，这些事人家统统都做了，他们三个只要大力输出就可以。至于一些需要注意的基本问题，他们又不是菜鸟，那还需要交代吗？

三人一边无脑输出，一边快乐地聊起天来了。而苏沐秋的技术，三人也彻底领会到了。输出是不怎么样，但那是因为装备太差的缘故。技术那真的没得说，该有的意思全有了，到目前为止，小怪可打断的技能，有一只是放出来的吗？没有，全被这家伙给打断了。

到关底Boss，苏沐秋的表演秀到了最高潮。这里Boss身边有十二只精英小怪，正常玩家来杀，会小心翼翼地掌握好距离，以一两只来引，就这顺序，玩家不知在这死了多少次才研究出来。到现在为止，每天都有无数队因为一个不小心，没弄好引了太多怪导致团灭的。

但，苏沐秋出场。

砰砰砰砰砰，就是一通射。

十二发子弹，发糖一样送给了十二只精英小怪。

“这也要一起杀吗？”觉得已经不会再大惊小怪的三人，到这最后还是被吓呆了。

“交给你们了。”苏沐秋说着。

三人手忙脚乱，手心都出汗了，正等“一叶之秋”聚怪呢，结果就见他朝着Boss冲上去了。

“连着Boss一起杀?!”三人惊叫。

“你们是挂吗？”一人吼着。

结果却见“秋木苏”继续朝着十二只精英小怪“砰砰砰砰”发着子弹糖，然后像一列火车，从他们身边呼啸而过。

“打吗？”一人的声音都颤抖了。

“来打Boss啊！”那边传来叶修的声音。

三人一愣，再一看，“秋木苏”竟然是拖着这十二只精英小怪，绕着这片场地转起了圈。

三人懂了，合着这十二只精英小怪就不杀了，就这样一直开着火车放着风筝，然后由他们四个把Boss击杀？

这才是真正的技术流呢！装备好有用吗？装备好能做到这些事吗？

“牛！太牛了！”三人赞叹着，冲上去围殴Boss。

片刻后,《荣耀》世界频道，系统刷出公告，五人刷新了一线峡谷的副本纪录。

“一次过，不错！”苏沐秋赞叹着。

“还打吗？”那三位现在是彻底服气了。

“先不了，还有事。”苏沐秋已经麻利地解散了队伍，至于奖励的分配，叶修来之前苏沐秋就已经和这三位谈好。

三人意犹未尽地和两位高手告别，叶修和苏沐秋随即一同返回一线峡谷区域的主城，一路上苏沐秋又开始向叶修滔滔不绝地阐述他目前制作装备的构想，直至两人的路被人拦下。

“‘一叶之秋’，打一场吗？”

拳法家“大漠孤烟”，笔直地站在回城大道的正中央。

一线峡谷区域的主城通往练级区、副本的大道，过往的玩家只多不少。虽然没有多少人听到“大漠孤烟”说的话，但是,“一叶之秋”和“大漠孤烟”，凭借在竞技场中的百分百胜率，在《荣耀》圈中已是声名鹊起，说他们是顶尖高手不会有任何人有异议，大家更好奇的是这两位到底谁的能力更高一点。

于是，一线城外的大道上，两个角色相遇，但凡知道两个角色名头的玩家，都纷纷停下了脚步。

叶修没有拒绝“大漠孤烟”的邀战，就连一心扑在装备编辑器上，对于胜负并不如何上心的苏沐秋，此时也表现出了浓厚的兴趣。

“一叶之秋”与“大漠孤烟”。

这一刻还没有人知道，这两个角色，这两个人，会从这一天起，经历长达十数年的竞争和对抗。

在这一刻，大家在好奇的只是这两个百分百胜率的家伙到底谁会先遇一败。

战场就在路边，过往的玩家越聚越多，以至于站得太靠后的玩家因为视角被挡不住地跳脚，周围的树、石，但凡拥有高点视野的地方，全都被玩家角色所占据。

两人并不想制造交通拥堵，但是现在看来，即使将战场搬到了路边，拥堵依旧无法避免。

“开始吧！”“大漠孤烟”没有征询意见，只是在冲上去的同时宣布了一声。

“一叶之秋”直接用行动应答，“大漠孤烟”冲得快，他迎上得更快。

迈步，向前。

冲拳！

龙牙！

同是直线攻击的两个技能，非常精准地碰撞在了一起。

谁强，谁弱？

观战玩家还没看出这两个技能直接碰撞的判定结果，两个角色就已经同时横身向左，错位变招。

天击！

“一叶之秋”手中战矛甩起，三十级橙武，光束双极斩，两端都带尖锋，仿佛剑客的光剑划过。在竞技场积分兑换的装备清单中，每天不知有多少战斗法师的玩家要望着它流口水，但是极少有能在这个时候就用税分兑到的人。

不过“大漠孤烟”的武器也丝毫不逊。拥有更多胜场的他，自然比“一叶之秋”获取了更多的积分。“一叶之秋”此时还只是拥有了两件兑换橙武，但他已经同时拥有了三件，这当中，当然有一件是玩家总是会优先重视到的武器。

熔岩怒火！

“大漠孤烟”的双拳仿佛像火焰在燃烧，在流淌。

崩拳！

一击挥出，燃烧的拳头在这一刻好像更炽烈了。

碰撞，又一次碰撞。

两个在玩家们看来已经是最顶尖的高手，此时却好像不懂得什么技巧和变通，仿佛两个新人菜鸟似的，只是自顾自地施展着技能，攻向对方的身体。

不过这一次，天击对崩拳的判定有了明显的优劣。“大漠孤烟”的拳头轰在“一叶之秋”的战矛上，拳劲送出，“一叶之秋”的身形立即开始了晃动，崩拳的判定，明显要强于天击。

机会！

能看出门道的玩家心中纷纷都是这样认为的。“大漠孤烟”果然也没有让他们失望，趁着判定优势，继续逼上抢攻。

机会吗？观战的苏沐秋此时却在呵呵笑着，天击对崩拳，明显的判定劣势。叶修会考虑不到这一点？他会在这种地方出现破绽？这些以为是机会的家伙，未免太小瞧真正的高手了吧？

这不是机会，或者说，这是机会，但是，这是叶修的机会，因为这个破绽是他有意卖给对方的。

身形晃动，看似是被崩拳压过天击的判定逼得踉跄不稳。但就是这样一个看起来很无奈的，已经失去控制的步伐，却刚刚好将“大漠孤烟”的这记高飞脚给避开了。紧跟着，一道光芒已经从“一叶之秋”的身后飞出。

无属性炫纹！

龙牙和冲拳碰撞时所产生的无属性炫纹，并没有像很多战斗法师习惯的那样一经产生就迫不及待地射出，而是等到了这个时候。所有人都觉得是“大漠孤烟”占着上风，占据着主动的时候，“一叶之秋”突然开始了反击。

光芒，瞬间充斥了“大漠孤烟”的视角。这已经不仅仅是对角色的攻击，更是对操作者视线的干扰。这一点，围观的玩家无从体验，真正知道的，只有苏沐秋这个和叶修有交手经验的人，以及此时的“大漠孤烟”。

但是，不退，不闪。

高飞脚的攻击被避过。

视线被无属性炫纹的光芒遮挡。

“一叶之秋”紧接着的攻击也已经发动。

但这一切都没有影响到“大漠孤烟”的动作，他就连半分慌张和迟疑都没有，挥拳，他依旧在挥拳。三十二级的角色，拥有的技能还比较有限，这一拳只是一记普通攻击，是一记非常普通的直拳。

但是这一拳比任何技能发动得都要快，这一拳的攻击，比视线没有被遮挡时还要来得准确。

拳头穿过了无属性炫纹，光影爆散着，“大漠孤烟”受到了伤害，但是对他的动作却没有产生丝毫影响。普通的一拳，就这样，攻击命中了“一叶之秋”的头部。

“砰！”

沉闷的一声。

普通攻击的伤害并不强，但这一拳却足够打乱“一叶之秋”的节奏。玩家们纷纷惊叹着，他们根本没有意识到这当中所包含的变化，他们眼中就是“大漠孤烟”把握住了机会，占据着上风，果然获胜四千零一十二场的“大漠孤烟”，比起三千六百八十六场全胜的“一叶之秋”要强上一点。

苏沐秋也在惊叹，但是惊叹的内容和所有人都不大一样。因为只有他知道，叶修本是在引诱对手进攻。他所没想到的是，这个对手——“大漠孤烟”以这样粗暴、简洁、干净、准确的方式，直接摧毁了叶修的诱导。

这不是歪打正着，这个“大漠孤烟”和他一样，一早就判断出“一叶之秋”的那个判定不敌是叶修顺势而为的诱导。但是他没有因此回避，他连半分迟疑都没有，就这么毅然迎了上去。

明知是坑，还要往下跳，这怎么看都是相当愚蠢的举动。但是这个叫“大漠孤烟”的拳法家，凭着他的坚决和勇气，偏偏就凭这样愚蠢的举动杀出了一条路。

这一刻，再不是“一叶之秋”的有意退让、诱敌，而是“大漠孤烟”真正占据了上风，占据了主动，他的攻势不停，愈发的猛烈，面对强如叶修这样的对手，他并没有像很多人那样保守谨慎，反而有一股子一波带走的气势。

不愧是百分百胜率的高手，真的很强！

看到如此姿态的一个高手，苏沐秋觉得自己都有些被点燃了。一直以来，他都偏重于在游戏中制造收益。PK的胜负，如果是没有收益的，并不会让他太过重视。但是此时，他忽然有一种抛开其他所有，只是单纯地追求一次胜负的冲动。

不要输！

苏沐秋忽然有了这种期待，原本他并不是太有所谓，甚至有些想看看叶修被击败后的模样，但是此时此刻，他无比坚定地期待着叶修可以获胜，这种同仇敌忾的心情，异常的清晰。

他转过头，看着一旁的叶修。叶修的神情也是前所未有的专注和认真，同时还包含着一股兴奋劲儿。

棋逢对手！

这是真正的棋逢对手。

一次胜负已经说明不了什么，这两个人，会一直打下去，会有很多次交手和胜负，这一刻，苏沐秋忽然就有了这样的预感。

那么，谁能先拔头筹？谁会在这第一次的交手中，战胜对方？

机会！

苏沐秋眼睛忽的一亮。

总在游戏中钻营收益的他，最擅长发现Bug和漏洞，这些往往都是可以制造出可观收益的突破口。养成如此习惯的他，连战斗方式都变得非常计较成本。

用最小的代价，收获最大的成果，这是他的原则。

他喜欢Bug，擅长发现Bug，善于利用Bug。

而眼下，他发现了一个Bug，一个漏洞，在那一瞬间，他下意识地，情不自禁地，就已经操作着他的“秋木苏”把枪端起来了。

但这条件反射般的一枪，终究还是没有出手。

因为叶修的反应比他更快，这一时机捕捉得更准。

轰！

落花掌！

一掌推出，正拍在“大漠孤烟”攻击衔接中的一个微小空当，一个在所有人眼中，根本就不存在的瑕疵。

苏沐秋看到了。

而他看到的时候，叶修已经出手打断了“大漠孤烟”的攻势。

暗夜斗篷!

“大漠孤烟”还没来得及被这记落花掌的击飞效果轰飞,“一叶之秋”已经挥出暗夜斗篷将他箍在了半空中，紧跟着又一把驱散粉洒上。

“一叶之秋”展开了反击。

和“大漠孤烟”一样，叶修所使用的技能，也并没有局限于战斗法师本职业的技能树。目前玩家都才三十来级，单一职业技能树的话，可用技能会很局限，所以很多人都会选择学习一些本职业系转职前的共享技能，来丰富战斗手段。

战斗法师属于法师系，就战斗方式而言，法师系几个职业差距颇大。但是就在这样的职业系中，叶修的技能选择却比一般人还要宽泛一些。那些明明不属于同种战斗方式的技能，竟然也在他发动的攻势中以又十分契合的方式组织在了一起。

召唤师的召唤兽哥布林出现在了战场上。

元素法师的烈焰冲击已经两次在“大漠孤烟”的身上燃起。

观众几乎都要忘记“一叶之秋”的职业，直至每一次魔法炫纹射出时，才会明确一下，这是一个战斗法师。

“厉害！”

“精彩！”

周围玩家议论纷纷。

之前还觉得“大漠孤烟”很猛，四千零一十二场全胜果然要比三千六百八十六场全胜厉害一些的人们，这一转眼间就已经开始看好“一叶之秋”了。

“一叶之秋”的攻击一直在继续着，没有中断，但是人们的眼神却渐渐变了。因为他们愕然发现，就在“一叶之秋”攻势一直未被打断的情况下，原本只因被压制而处于被动的“大漠孤烟”，竟然渐渐扳平了局面。

“一叶之秋”在攻击,“大漠孤烟”也在攻击。

眼下的局面，已经不再是一方攻一方守这样的局面了，而是一场势均力敌的对攻。

“还真是个强硬的家伙！”苏沐秋惊叹着。“大漠孤烟”这种顽固的战斗风格，实在和他的理念相去甚远。换作以前，他一定会非常不屑。但是这个“大漠孤烟”却用一种超乎他想象的坚强和顽固，让他感受到一份与他的理念截然不同，但也绝对值得尊重的信仰。

双方的生命几乎是在同步下降，战斗已经进入到了白热化，没有谁占据着明显的优势，胜负势必要在最后一刻才见分晓。

崩拳!

即使到了这一刻,“大漠孤烟”的气势也没有弱下半分。崩拳,这个等级拳法家的最强招,强有力地向着“一叶之秋”轰了过去。

胜负在此一击!

所有人都看得出,“一叶之秋”的生命值已经不足以再挨这一记崩拳。“大漠孤烟”也不理会其他,不避不让,这一拳,势如破竹地轰出。而“一叶之秋”的战矛,此时抽回阻挡不及,落花掌这个可做交换的技能,也不巧正在冷却中,魔法炫纹,也正好全数用尽。

没有退路,无法闪避,“一叶之秋”似乎已经陷入绝境,但是就在这时,“大漠孤烟”忽然一跳。

毫无理由地一跳,莫名其妙地一跳,但是很快大家就都看到,不是“大漠孤烟”自己想跳,而是因为他受到了攻击。

刺藤!

召唤师的浮空攻击技能,如此冷不丁地从地底冒出,纵然是“大漠孤烟”也是毫无防备,顿时被这一击刺上了半空。

但是,只要一拳!

刺藤改变了“大漠孤烟”的身形,但并没有中断他的攻击,“大漠孤烟”的拳头依旧执着地向着“一叶之秋”挥去。

“一叶之秋”却已经蹲下了身,和刺藤攻击后的浮空效果形成完美的呼应，一下就拉开了和“大漠孤烟”之间的距离。抽回的战矛已经疾刺出手，连突！

矛长臂短。

“大漠孤烟”虽然出手在前，但是最终却是“一叶之秋”的战矛先一步刺中了他。浮空状态中的他，吃了这记连突后看起来已经再没有取胜的机会，拳头都已经无奈地落下。

胜负已分！

但是“一叶之秋”却没有就此停手，连续生成的冰属性炫纹依然是飞射出去，轰中了半空中的“大漠孤烟”。

击杀！

只差这一击的“大漠孤烟”，生命彻底清零，与此同时更有一件装备随着他的身体一同摔落在地。

围观玩家一愣后，这才反应过来，这场对决，不是在竞技场内，这是场景内的一次PK，有PK死亡后的经验损失，也有装备被爆出的概率。

这个概率并不算太高，但显然“大漠孤烟”的运气也并不太好，装备被爆出不说，而且所有人看得清楚，被爆出的装备，正是他的武器，橙字拳套:熔岩怒火。

财帛动人心，而在游戏里，最动人心的，那就是装备。

瞬间，很多人就已经忘记了刚刚那场动人心魄的对决，忘记了刚刚还对两位高手异常佩服的心情。

装备!

橙字装备!

竞技场积分获取的橙字装备。

立即就有忘乎所以的人冲了出来。为了抢到这件橙字拳套，他们不惜向“一叶之秋”出手。很显然“一叶之秋”与倒下的“大漠孤烟”是距离最近的，他要拾取拳套，没有人会比他更近。但是他此时却又只剩下丁点生命，这无疑增强了这些玩家的信心，即使之前亲眼目睹并佩服过“一叶之秋”的高超实力，但只这点生命，他们无所畏惧。

远程攻击，率先就朝着“一叶之秋”展开了，抱有共同目的的玩家，倒也在一瞬间展示出了一定的默契。但只一秒，这份默契就已成了相互之间的忌惮，所有人都发现，竞争对手，原来不止是“一叶之秋”。

“太不像话了！”人群中突然冒出愤愤不平的一声，一个气功师冲了出来，一边向“一叶之秋”那边靠去，一边挥掌运气。

念气罩!

气功师停步的同时，防护技能出手，可以抵挡攻击的念气罩打开，将“一叶之秋”护在了当中。

“啊！”但紧跟着气功师玩家就惊叫了一声，他看到“一叶之秋”赫然冲了出去，迎着那些想要击杀他的攻击。

“喂你……”气功师慌忙叫着，念气罩发动后，就不能再移动，这“一叶之秋”主动冲出防护圈，难道是没看到自己出手？但是话才刚喊了两个字，气功师玩家已经目瞪口呆，“一叶之秋”一转眼就已经从那来自多个方向的攻击中穿了过去，毫发无伤地冲到了倒下的“大漠孤烟”尸体旁边，飞快地拾起了那拳套后，再一转，几步就已经回到了他打开的念气罩中。

“谢谢。”他听到“一叶之秋”对他说着，不过此时他的视线已经转到了另一端，他看到那边站着一个神枪手，举着双枪，装备很是破烂，但是气功师玩家非常清楚，就在刚刚，是这个神枪手发动的攻击扰乱了玩家们的攻击，才让“一叶之秋”可以闪过攻击，拣到拳套。

“也是个高手啊……”气功师玩家多看了“秋木苏”几眼，而那些起了心思的玩家，一看装备已经被拾取，也没有进一步行动的打算，匆忙就散走了。

叶修这时也已经给“一叶之秋”吃下了一剂血药，生命稍有恢复，也不怕再有什么算计，朝着气功师这边走来。

“刚才多谢了。”叶修再次表示致谢。

“呵呵，多此一举而已。”气功师笑着，又看了“秋木苏”两眼。他心里也是清楚的，他的念气罩事实上并没有起到什么作用，“一叶之秋”拣完拳套躲回念气罩，也完全是给他面子罢了。

“这拳套你要吗？”叶修跟着问道。

“啊？我？我不要啊，不还给那个人吗？”气功师说着。

“我问问。”叶修说着。

两秒钟后，气功师在世界频道看到消息。

“‘大漠孤烟’你爆出来的拳套还要不要了？”“一叶之秋”问。

世界哗然。

“一叶之秋”“大漠孤烟”，现在竞技场全胜的两大高手啊！现在“一叶之秋”在点名“大漠孤烟”，这是什么情况？爆出来的拳套是怎么一回事？

“不要。”在一片讨论声中，“大漠孤烟”言简意赅地回答，却还是被很多人看到了，包括叶修。

“他不要了，你拿去用吧！”叶修向气功师说。

“我还是用手套吧！”气功师依然是回绝了。

“那就给我吧！”苏沐秋的“秋木苏”也早已经凑过来了，此时事件双向传递着，在游戏里传递的同时，游戏外他也在转头冲着叶修嚷着。

橙装啊！

作为研究素材来说，太难得了。虽然他经常扒了“一叶之秋”的装备去分解研究，但是“一叶之秋”身上的两件橙装苏沐秋可从来没动过心思，这点底线他还是有的。要动心思，也要等“一叶之秋”等级更高时这两件装备要被叶修淘汰了再说嘛！

“拿去吧！”一件引发玩家动起歪心的橙字拳套，就这样被叶修随手扔给苏沐秋去当实验品了。

“说起来，你刚才其实没必要放那个冰属性炫纹击杀他吧？”气功师这时突然又问了一句。

“不，很必要。”叶修说，“否则死的就是我了。”

“哦？”

“那家伙可没有轻易放弃，他的鹰踏已经要出了，如果不放那冰属性炫纹，甚至放得慢一点，死的都会是我。”

“这样啊，受教了。”

“呵呵，加个好友吧，以后有机会一起玩。”叶修说着。

“好的，有机会一起。”

于是，在这一天，同一时间，叶修遇到了在未来会和他争斗数年的最强对手，以及那个在职业联盟最初三年，和他一起屹立在荣耀之巅的最强帮手——

“大漠孤烟”。

“气冲云水”。

巅峰荣耀

那年花开

荣耀！

屏幕上闪过了两个大字，对每一位《荣耀》网游玩家来说，无比熟悉的两个大字。

但在这组画面中，这两个字所意味的可不仅仅是一场竞技场PK的胜利。

这是一场终极胜利，意味着一个冠军的诞生。

《荣耀》职业联盟第一赛季，最终的总冠军——嘉世战队！

在欢呼和掌声中，赢取到最终胜利的战队选手欢呼雀跃，聚集在一起，但是他们当中，却少了一位，对于他们而言，最重要的那一位。

叶秋，“一叶之秋”……

哪怕是赢取到这最终的胜利，竟然也像整个赛季每场比赛那样，悄然出现，悄然退场。

谁是叶秋？

伴随了这一整个赛季的话题，直至最终，也没有个答案。赛后接受采访的嘉世战队，在谈到这个问题的时候，也像他们一整个赛季所坚持的那样，坚决闭口不谈。

“哼，故弄玄虚，绝对是炒作。”有人说着，类似的声音，并不少见。

“不管是不是炒作，总之他很强，非常强。”一人回答道。

“那是大孙你不肯参加，否则的话，有他的事？”之前那个声音不屑道，“我说你为什么要拒绝人家组战队参加《荣耀》联赛的邀请啊？不然现在站在这台上的一定是你。”

“白痴，哪有这么简单。”被称作大孙的人回答道。

“我看大孙你就比那家伙强！”那人说着，但是说完后，似乎自己都觉得这话不是太靠谱，连忙又更正了下，“总之也不会比他差。得到冠军的，为什么不能是你？”

“因为这不是一个人的事啊！”大孙说。

“那还有什么？”那人问。

“还需要帮手啊！你们这些渣，根本看不出他们队里那个气功师的重要性！”大孙说。

“气功师？‘气冲云水’？吴雪峰？开玩笑的吧，他也算是个高手？”那人十分不屑。

“你懂什么！”大孙骂道。

“好了好了，决赛打完了，都准备上线！”另一端又传来一个声音。

这是K市一间普通的网吧，一群热爱《荣耀》网游的少年，时常在这里玩到夜不归宿。

玩物丧志吗？或许吧……

但是屏幕中所倒映出的那一张张青春飞扬的专注面孔，又有谁敢肯定，这当中就没有藏着梦想呢？

嘉世战队，“一叶之秋”，在这一晚又收获了无数的粉丝。

但是冠军——

这个字眼，也在这一晚倾注了更多人的心房，这是比在游戏竞技场里那一次又一次的“荣耀”更加吸引人的东西。因为它是由无数个顶尖“荣耀”汇集而成。

这一次，冠军属于嘉世，属于“一叶之秋”。

下一次呢?

梦想，就是在这种不经意的幻想，不经意的期待中萌芽。

七月。

距离《荣耀》联赛第一赛季结束、嘉世夺冠过去已经有一个月了，但是铺天盖地的宣传还没有结束。尤其是城市中聚集着大量网游玩家的网吧，有关《荣耀》，有关《荣耀》联赛的宣传恨不得贴满每一个角落。电竞频道更是将那场号称巅峰对决的嘉世对皇风的决赛翻来覆去重复播放了不知多少遍。

九遍!

大孙对这个数字记得很清楚。虽然每次看到重播时他心里都会吐槽一声“又来”，但是每一次，他都会放下手里的一切，看得目不转睛。

电竞频道重复了九遍，他就看了九遍，加上之前的现场直播，他看了整整十遍。

人人都在赞美嘉世“一叶之秋”的强大，这一点，大孙不反对。“一叶之秋”绝对很强，就算是一贯无比自信的他，想到“一叶之秋”的强大，自信也会有一点动摇。

但也仅仅是一点点。如果是单挑，他不敢说必胜，但是他一点都不会畏惧与“一叶之秋”为敌，一点都不怕。

真正让他觉得没有把握的，是嘉世这支战队，是这支队伍中的另一个人。

气功师，“气冲云水”，吴雪峰。

为什么没有人注意到他的存在？

为什么没有人重视他的功劳？

大孙不理解，非常不理解，无论是赛后媒体的报道，还是论坛上的玩家讨论，吴雪峰，一直是一个经常被忽视的名字。

但是，不应该啊！

这明明是嘉世应该被重视的第二号人物，他的存在，对嘉世，对“一叶之秋”都至关重要。

总决赛的最终决战，大孙看了足足十遍，每一遍，都让他进一步加深这一看法。可是实在太少人留意到这一点了，大家似乎都以为只要队里有一个足够强悍的高手，队伍就能披荆斩棘拿下所有胜利。

“哪有那么容易啊……”大孙嘟囔着，网吧已经到了。他迈步进去，却发现今天的气氛有些不一样，在他进来的一瞬间，所有人都望向他，好像所有人都在期待着这一刻一样。

大孙奇怪，却还是义无反顾地走向吧台，他可从来没有怕过什么。

从吧台领到上机牌，已经有人凑到了他的身边。

“狂剑？‘落花狼藉’？”那人问。

狂剑士，是大孙在《荣耀》里的职业。

“落花狼藉”，是他狂剑士的名字。

“是我。”大孙说。

“听说你技术不错？”对方又问。

“还好。”大孙说，“你有什么事？”

“我们想组一支战队，如果你技术确实不错，那么我想邀请你加入，一起参加下赛季的《荣耀》联赛，夺取总冠军！”对方说。

“你们？”大孙眼前所见的，只有一个人。

但是一排电脑后边马上就站起了五个人，一样的年轻，一样的充满期待，他们在这里等候大孙多时了。

“试试吧！”大孙也有了一点兴致，迈步走向了他的电脑。对战的房间很快在竞技场已经建好，迅速聚集了一群观众。网吧里等着看这场热闹的人可多的是。

登录，狂剑士，“落花狼藉”。

大孙进入竞技场，很快找到了名为“剑指总冠军”的房间名，心里禁不住也有一点小澎湃了。

“来吧！”他大声招呼着，“一起，还是？”

一起？

网吧里好多人都愣住，跟着就已经有笑声传开。

“大孙你真是很狂啊！”有人叫道，网吧里的熟客，互相都是认识的，尤其是《荣耀》玩家。

这是狂吗？

大孙也在发愣，如果只是检验实力的话，一起，或是如何，不都一样吗？

对方六人却也像是受到了极大侮辱似的，看向大孙的目光极其不善。

“我来。”他们当中有一人的神情看起来倒是颇为平静，争执，也说明不了什么，一切还是要到竞技场上说话。

他的角色站上了对战席，直接开始，一对一。

狂剑士，“落花狼藉”。

战斗法师，“斗气主宰”。

倒计时，比赛开始。角色刷新，各居一角，地图擂台场，玩家竞技场最常用的地图。

大孙有点失望。

这样简单的地图，除了操作以外还能表现出什么呢？意识、判断、经验……如果想全面考验水准的话，实在不应该选这张直来直去的简单对战图。

但是对手已经冲来，直来直去，战矛挥舞着杀到了“落花狼藉”面前。

“落花狼藉”横移，错位，重剑提起。

倒斩！

战斗法师上天。

大孙更失望了。只是一个很简单的错位反击，对方就已经完全应对不过来了。如果是“一叶之秋”……

大孙没有继续想下去，这个期待未免也太高了点。

他操作着“落花狼藉”攻击，不算太猛烈，但是对手毫无招架之力，四十六秒后，胜负已分。

“好强！”对方站起来惊呼。

强吗？

大孙苦笑，自己根本就没认真啊！

“是你太弱。”大孙说。

对方愤怒。

“一起吧！”大孙已经不想浪费时间，和这样的人凑在一起，还什么“剑指总冠军”，可想而知其他几位都是什么样的水准了。

但对方却依然不自知。

“我来。”又一位叫着，还是一人上场，独自应战。

四十一秒，败。

又一人来，三十七秒，败。

对方终于放下了矜持，三人一起来。

两分五十四秒，三人败。

网吧鸦雀无声。熟客都知道大孙很强，但是，一打三，也胜得这么轻松，胜得这么彻底？

大家都有旁观比赛，三对一,三个人的角色根本就没给大孙制造出什么麻烦。三个人的角色全场都被“落花狼藉”吊打，看不出半点机会。

“太好了！”输得彻头彻尾的六人这时反倒还激动了。

“你就是我们要找的顶尖高手！”一人冲过来对大孙叫道。

“但你们不是我要找的。”大孙说。

“哈哈哈哈。”网吧里笑声一片。

“滚吧，菜鸟。”

“白让我们期待了。”

“原来这么弱啊！”

一片奚落声中，六人黯然离开了。网吧里的诸位继续热情地讨论着如此弱鸡的六人，竟然还敢声称什么组队夺取总冠军。

很弱吗？也不能算是吧……大孙想着。六人的角色在竞技场上都拥有极高的胜率，高到让他们拥有了这种底气。

但是，还远远不够啊！那个舞台，比你们所想象的要艰难得多……大孙的脑海中，浮现出他反复观看了十次的比赛画面。他也不止一次地想过，如果自己身处在那样的画面中，他会做些什么，他能做到什么。

但是只凭自己的话……

大孙想着，摇了摇头，哪有那么容易啊！

“大孙，‘西部荒漠’，快！”突然有喊声传来。

“怎么？”大孙一边让“落花狼藉”退出竞技场一边连忙问着。

“打起来了，快来帮忙！”对方叫道。

“马上！”呼应的不止大孙，刚刚凑进房间里观战的玩家，纷纷让角色退出竞技场，操纵着狂奔向了“西部荒漠”。

他们是同一间网吧的熟客，在游戏里也经常玩在一起，正所谓一方有难，八方支援。经常一起打打杀杀共同进退。

“快点，有高手！”呼救的人催促着。

高手？

众人纷纷笑了，这一刻高手在他们听来就像是一个笑话，这个世界敢随便自称高手的人太多了，就在刚刚还有六个自称高手，号称要夺取总冠军的家伙，结果最后却连三打一都搞不定。

“高手吗？最喜欢了！”大家叫着，从各自角色所在的主城，四面八方地冲向了西部荒野。

西部荒野，五十级练级区。

太阳已经西斜，余晖洒在这片广袤的荒原上，平添了几分壮丽。但是此时可没有多少人有心情欣赏景色，一场大规模的PK正在荒原中进行。

PK因何而起？

大孙他们赶到时已经不得而知了，他们只知道战斗进行得很激烈，而他们从中努力辨认出自己的同伴后，就飞快加入到他们的团队中。

“高手在哪儿呢？”大家笑着，还没有忘了这个笑话。

“就那个弹药专家，叫什么花的！”有人回道。

“什么花？”大孙听到一个声音仿佛就在自己耳边，是游戏里站在自己身边的一名骑士，正满含讥诮地说着。

大孙却看到落日撒下的余晖中，几道斜长的影子飘然而至。

他抬起视角，正对夕阳，阳光没那么刺眼，几团阴影正在飞速逼近。

“当心！”大孙叫着，慌忙操作“落花狼藉”飞速向旁一个冲撞刺击。

“当心什么？”那骑士还在笑着。

阴影落下，花来了。

爆炸的烟花瞬间已将骑士吞没，而且没有停。紧接着枪响雷轰，大片的光影继续在这一区域扩张。大孙慌乱着拉“落花狼藉”走位，躲避爆炸的笼罩。飞快转动的视角中，一道高速移动的身影落入他的眼中。

“在那边！”大孙叫。

“什么？哪边？”大家完全不知道他在说什么。

“我去！”网吧里却有两人齐齐掀了键盘。那骑士，还有另外离他很近的一人，一起在那片绚烂的光影中开成了两朵小白花。

“一点钟方位！不，十一点钟了！九点钟！”大孙死死盯着那个角色，一边大喊提醒着同伴。那小子走位太快了，一刻不停地变换着位置。

“大孙你在说什么啊！”众人却纷纷跟不上他的节奏。

“那个什么花！”大孙气道。他也看不清那角色的名字，对方很狡猾，充分利用着混战中的诸多角色站位，将其他角色当成是他的掩护，不断地隐藏着自己的身形，至于名字因此显示得不太完整，那倒不是刻意的。如此混战中确实不太容易看清某一个角色的ID。

其他人都理会不了，那么只能靠自己来解决了！

冲上！

大孙的“落花狼藉”倒拖重剑前冲，迎面一名剑客跳出拦路。

倒斩！

向前冲的途中已将重剑摆在身后的“落花狼藉”，早已经备好了出招的架势，这一倒斩发动极突然，对方发现后再想闪避招架统统已经来不及。

剑客被斩上了天，操作者技术不错，浮空中试图调整，用银光落忍反击，但是一道猩红的剑影却已经直劈下来。

血影狂刀！

以剑驱使，却是以刀为名。

狂剑士这个职业，大量的技能都是斩击，实在不像一个剑士，而像是一个刀客。但不管是刀是剑，这名剑客已被斩落，猩红的剑影甚至穿透他的身体，直落他的身后。

轰！

大地似乎都在颤抖，一剑，劈出了一条血路，“落花狼藉”直冲敌阵。重剑狂舞，转眼间就已经击飞数名对手。

“注意，注意那个狂剑士！”战场上已经开始响起对方玩家的狂呼声。

“哪个，哪个？”有人问着。

“就那个，什么花！”有人喊。

又是什么花。

这边有一个什么花，那边也有一个什么花。而眼下，这边的什么花，可是在冲着那边的什么花冲去的。

可是没有这么简单。

之前还只是把其他角色当成是掩护，但是眼下，赫然又织起了一片光影，身形在当中若隐若现的。

看你能坚持多久！

大孙咬死不放松，这弹药专家的打法，十分依赖技能，这样连续的技能大爆发，法力消耗无疑会很大。

但是转眼大孙就又发现，这家伙的法力固然消耗很大，己方在他这样的攻击下生命损耗也极大。几乎没有人能及时避开他的攻击，大片的光影，大面积的笼罩，封闭着对手，同时也在配合着己方的攻击。原本只是一场大混战，因为他的穿插，对方这些乱七八糟的家伙竟然也有了攻击节奏。

不过节奏可以建立，当然也可以被破坏！

冲！继续冲！

大孙不再一味地死盯着对手，而且有意地破坏对方的攻击意图。不间断的斩杀，血早已染透了剑锋，重剑斩下飞起的血花，比起那些绚烂的爆炸光影也不遑多让了。

“拦住啊，拦住！”喊声还有，但却越来越少，不是因为不重视，而是因为越来越多的人已经在阻止的过程中倒下去了。

倒在光影中的，倒在血花下的。

遍地都是玩家的尸体，遍地都是爆出的装备。但却没有丝毫停顿，这场战斗，已经到了谁先松一口气谁就将先倒下的地步。

是战斗，就终将有胜负！

“还往哪儿跑！”大孙喝声中，暴走状态的“落花狼藉”直冲向前，挥剑跃起。

崩山击！

重剑斩下，周围已经全场尸体，一场混战，竟是硬生生杀到只剩两个人。弹药专家失去了依靠其他角色掩护自己身形的机会，终于是被大孙捕捉到了他的走位路线。

什么花？

还真是什么花。

这一刻，大孙看得很清楚，是百花战队的“百花缭乱”。

重剑劈下，“百花缭乱”已经来不及闪避，但是手中的自动手枪还是勉强地端起，还是有一颗子弹喷火射出。

噗！

血花在“落花狼藉”的身上溅出，中弹，但是没有大碍，只不过是普通一击，完全无法阻止崩山击。重剑落下，飞起的血花更加鲜艳了，“百花缭乱”被劈倒在地，胜负已分。

但是大孙却没有让“落花狼藉”继续攻击。

胜负已分吗？

是已分，但分出胜负的原因，只不过是因为自己来得稍微迟一些，所以状态更充足一些，而对方早在战斗中，先一步用光了法力，耗光了精神而已。

如果最后那一枪带个什么弹药技能的话，这场胜负大概还有得打。

重剑收回，扛上了肩头。

“嘿……”大孙笑了一声，看着眼前倒在地上的家伙，他突然觉得自己一直在脑补的那个画面渐渐完整起来了。这个画面，应该足以出现在那个舞台上，可以置身于自己看了足足十遍的那场战斗中了吧？

“你的技术看起来不错，要不要和我一起来个组合？”

“嗯？”倒在地上的那位明显意外了一下。

“你是谁。”他问道。

“孙哲平——狂剑士‘落花狼藉’。你呢？”

“张佳乐——弹药专家‘百花缭乱’。”

“那我们的战队呢？”孙哲平说。

“战队？”张佳乐看了看两人角色的名字，想了想：“双花？”

“双花哪里够，要百花才好。”孙哲平说。

那年，西部荒野，百花盛开。

双核时代

“‘落花狼藉’上来了！‘百花缭乱’跟在后面！二对一！蓝雨的局势很不妙，他们的队长会如何应对呢！”

电视机上画面闪烁着，传出解说员激情的呐喊，这场《荣耀》职业联盟比赛的对决，已经到了决定最终胜负的时刻。

坐在电视前的一群少年，纷纷捏了一把汗，紧张得有些透不过气来。

一个少年却偏偏在这时候跳起，冲着电视机挥拳呐喊起来：“上啊老鬼！不要输给他们！你没有这么不中用吧！不就是两个新人而已！昨天你是这么说的吧？你是在吹牛吗？”

少年喋喋不休地叫着，但是场上的形势却终究没有在他的喊声中改变。

“繁花血景，繁花血景！”主持人大叫着，大片的光影铺满了整个画面，镜头拉近，就见光影中一柄重剑凌厉地劈下。

血花飞快扑腾起来，但很快就好像是被蒸发了似的被华丽的光影所遮盖。重剑之下的身影，看起来是那样的不甘，但终究还是难挡生命值的消亡，就这样随着剑落，彻底地倒了下去。

“赢了！繁花血景！这是百花战队本赛季的又一场胜利，他们是本赛季最大的发现，最大的黑马。谁能阻挡他们的胜利？“扫地焚香”不行,“索克萨尔”也不行！会是“大漠孤烟”吗？还是“一叶之秋”？好了，本次转播就到这里,《荣耀》职业联赛，下周同一时间再会！”

现场解说宣布了胜利，比赛谢幕，画面上是百花双人组对“索克萨尔”最终击杀的反复重放，坐在电视机前的少年神色都很黯然，谁也没有说什么。还是之前的那个少年，一步上前，怒气冲冲地关掉了电视。

“没用的老鬼！”他嘴里还在嘟囔着。但其他人依旧保持沉默，敢这样评价、称呼他们蓝雨队长魏琛的人，在整个俱乐部也都只有他这么一位，其他少年实在没有办法跟着附和。

“这本来就不是一个人可以做到的事。”这时，有一个人从电视机前的人丛中站了起来，如此说道。

黄少天看着这个人，露出不以为然的神色，“吊车尾的有什么高见啊？”

吊车尾的……很令人尴尬的称谓，可是喻文州从进入蓝雨训练营的那天开始，表现一直居于末流。他那慢到实在无法让人恭维的手速，让所有人都认为他根本不具备一个职业选手应有的基本素质。

但是他留下了。

蓝雨训练营的层层筛选淘汰，大家都觉得他肯定早早就会出局，结果他却留到了最后，成为蓝雨战队会正式培养成为职业选手的预备队员。可即便这样，在所有留下的人当中，他看起来依然是最没有前途的，因为他的手速，经过这么久的训练依然没什么长进。所以即使淘汰了很多人，但是在这些被留下的优秀学员当中，他依然是吊车尾的。由资质最优秀的黄少天喊出这称呼，尤其显得有说服力。

但是喻文州对此却不气也不恼，只是非常平静地说出了他的看法。

“《荣耀》不是一个人的游戏。”他说道。

“哦？叶秋的名言吗？”黄少天说道。叶秋，《荣耀》联赛上届总冠军的得主，这句话因为出自他之口，而被很多人所信奉。但是，黄少天显然并没有那么太当回事。

“不是名言。”喻文州却还是很平静地说着，“是事实。”

“所以说，如果你也在场上，局面就会不一样了吗？”黄少天讥笑着。

“不，在场上的应该是你。”喻文州说道。

黄少天一愣，别人说一句他可向来至少要回三句的，此刻却罕见地沉默了。他不由自主地就开始设想，如果自己在场上，自己的剑客“夜雨声烦”在“索克萨尔”身边的话，自己能做些什么呢？

“嗯，这个问题嘛……”他终归还是要说些什么，可是张口后一看，却发现原本喻文州的位置已经没人，房门半掩，这家伙竟然已经离开了。

自己，被这个吊车尾的给教育了？黄少天再次站在原地发愣。

《荣耀》职业联盟第二赛季近半，新成立加入联盟的百花战队吸引了众多眼球。他们锐不可当，在积分榜上一路领跑。以狂剑士“落花狼藉”和弹药专家“百花缭乱”构建起来的双核心打法令人耳目一新，有评论家大胆断言联盟从此将进入双核时代。

“双核时代吗……”魏琛望着摆在他桌上的这份新一期电竞周报上偌大的标题，点起了一根香烟。

双核，是不错，自己也早就想构建一支这样的战队，但是，还未成熟啊！

魏琛透过窗户望向走廊对面的蓝雨训练师，一群朝气蓬勃的少年卖力地打着《荣耀》，当中有那么一位，除了双手一刻不停地操作着以外，上下嘴皮也始终在翻动着，层出不穷的话语不断地从他嘴巴中喷出。

黄少天。

这个因为在《荣耀》网游中抢Boss而结识的少年，魏琛极其看好他的未来，努力将他邀请来了蓝雨战队。

他一定会成为未来蓝雨的核心，魏琛对无数人这样讲过。

剑客“夜雨声烦”，术士“索克萨尔”。

这就是他心目中要构建出的蓝雨双核，他不止一次脑补着这两个角色在场上并肩作战的景象，但是，自己还能等到那一天吗？

一想到这个问题，魏琛顿时就心烦起来。

黄少天还远远不够成熟，想登上职业赛场为时尚早，而他呢？在度过了《荣耀》职业联赛的初纪元后，他迅速感觉到了状态的下滑。为了可以保持住状态，他改掉了熬夜的陋习，每根烟都只抽几口就丢掉，但是依然没有用。

一年，或者是两年？

魏琛有些不敢想，他怕自己甚至连这一年、两年的优秀表现都无法保证。

自己……明明还很年轻啊！

望着穿衣镜里的自己，虽然有些不修边幅，但是二十三岁的年纪，无论走到哪里都是挡不住的年轻光芒。可是他偏偏选择了这里，《荣耀》竞技，这个年纪真是到了迟暮阶段，那个话多的小鬼，不就整天“老鬼、老鬼”的叫他吗？

哪有二十三岁的老鬼啊？

魏琛愤恨地想着，但现实就是如此残酷。二十三岁，每天经常会想到的竟然是仿佛身后事一样的东西，这样的人生体验，真是让魏琛觉得既可悲，又可笑。

时代才刚刚开始，自己竟然就已经要退出。

可是蓝雨未来的双核又在哪里？会在这里出现吗？魏琛继续望着训练室里那一个个身影，一张张的面孔，唯独漏掉了坐在最右角，独自一人安静地看着上轮比赛战报的喻文州。

对这个少年，魏琛从来没有期待过。从一开始他就试图劝退对方，但是少年的坚持让他也不忍心太过强硬。喻文州留下了，一次又一次地成功留下。但是那又能怎样呢？那个完全看不出有什么进步的手速，根本无法在这个拼APM的世界里生存，所有人都只是在等着他死心而已。

魏琛最期待的终究还是黄少天能快些成长，那样的话，他或许还有机会在场上帮助这个聒噪的少年一把，他或许还能亲自感受到他所设想的蓝雨双核。

百花战队带来的轰动所影响到的战队当然也不止蓝雨，连霸图、皇风，这些强队都无一不在思考着百花战队带来的冲击。其中当然也包括初赛季的总冠军得主:嘉世战队。

"'繁花血景'，媒体给他们起的名字呢，你怎么看？"

嘉世战队，上赛季和叶秋一起捧起总冠军奖杯的气功师选手吴雪峰，和叶秋相识于《荣耀》网游，已是多年的朋友。此时他正坐在电脑前观看上轮联赛百花战队的比赛，忽然感觉身后有人，头也没回地就问了起来。

“很厉害，不错的新人。”叶秋说着。

“我们遇到他们……”吴雪峰说着，翻了翻桌上标注着赛程表的台历。

“要年后了，今年春节够早的。”吴雪峰找到了百花和嘉世的对阵日期，同时也不忘感慨一下顺眼看到的除夕日期。

“快过年了吗？”叶秋也望向台历。

“是啊，假期已经安排下来了，你怎么安排？”吴雪峰问着。

“没有什么特别的安排。”叶秋说。

“还是就在这边？”吴雪峰问。

“大概吧！”叶秋说。

“嗯……”吴雪峰只是这样应了一声。会让人感到为难的问题，就是再好奇，他也不会问。

“那么，就年后见了。”他说着。

“年后见。”叶秋点头。

“新年快乐。”

“新年快乐。”

春节，一年一度的春节，辞旧迎新的一天。

嘉世网吧却在这一天依然开着大门，网吧的老板陶轩亲自忙进忙出的。每年年尾的这一天，陶轩会给员工们放假，然后由他自己里里外外地将网吧打点一遍，扔掉许多这一年下来积累的还没来得及丢掉的废弃杂物，在这个辞旧迎新的日子里狠狠地去一下旧。

虽然现在谁都知道，陶轩早已经不止是这么一家网吧的小老板。去年在《荣耀》联盟初赛季夺得总冠军的嘉世战队，可是由他一手投资组建的，现在的陶轩，可已经是一支成功战队响当当的老板。

不过这更为醒目的身份到底还是没有抹去他的习惯，到了除夕这天，他依然亲自动手整理起了他的网吧。

“陶哥。”正进进出出忙得热火朝天，陶轩忽然听到有人喊了他一声，探头一看，见到是叶秋和苏沐橙站在网吧门外。

“是你们啊！”陶轩笑容满面地迎了出来，曾经，这两位都是他嘉世网吧的常客，从某种意义上来说，算是他经济支柱的一部分。而现在更不得了，叶秋，可就是他那支嘉世战队的绝对核心，上赛季为嘉世拿下冠军的功臣。

“忙着呢，有什么要帮忙的吗？”叶秋挽起了袖子。

“别，千万别！”陶轩连忙冲上来按住叶秋的手，“你这双手现在可太宝贵，千万别来搞这些，就算是夹伤了一根手指，那麻烦可都大了。”

“不至于吧……”叶秋有些无语。

“还是小心些好。”陶轩态度很坚决，说什么也不让叶秋帮忙干活。

“我来帮忙。”一旁的苏沐橙看这边僵持，立即主动请缨。

“哎哟，那更不行了，怎么能让小沐橙来干活呢？”陶轩连忙又来拦这边，这个女孩的身世他挺清楚，一直以来都对她照顾有加。让这么一个漂亮的小姑娘干这些脏活，他可舍不得。

“再说了，你这双手可也流淌着了不起的血统，也得好好爱惜才是啊！”陶轩感慨着，但是话说完后自己都是一愣，反应过来自己一时口快，似乎提起了不太合适提起的事情。

“呃……我去忙了，你们两个去玩吧，晚上记得过来吃饭啊！”陶轩仿佛逃跑似的，钻回了嘉世网吧。

苏沐秋。

他不会忘记这个名字，那时和叶秋一起，在他的网吧里没日没夜地玩着《荣耀》的另一个少年。

两个人出色的技术很快吸引了陶轩的注意。那时他也在玩着《荣耀》，和这两个超级高手结成战队后，那游戏里的日子真是要多风光有多风光。他建起的“嘉王朝”公会，真是强盛犹如王朝一般，多亏了这么两个大高手的坐镇。

而后随着《荣耀》所具备的对抗性，越来越多的比赛开始在圈子里盛行。叶秋和苏沐秋但凡参加的，无一不是横扫。

终于，由《荣耀》游戏方组织发起的《荣耀》职业联盟这一商业品牌赛事，让陶轩知道，真正的机会来了。他迅速组建起了嘉世战队报名，而这之前最重要的，当然依旧是拉叶秋和苏沐秋入伙了。

两个钟爱游戏，热爱《荣耀》的少年很容易就被他说服了。陶轩和他们签订了职业选手的合约，结果就在那天后不久，苏沐秋不幸遭遇了车祸，年轻的生命就这样终结。

职业联盟成立了，嘉世顺利成为了征战联赛的一员，所有人都在这里看到了美好的前途和未来。

但是叶秋从第一天起，身边就已经没有了他最好、最强的搭档。

虽然他依旧横扫联盟。

《荣耀》联盟初纪元，属于叶秋，属于斗神“一叶之秋”。

不过现在正在进行的第二赛季，新晋的百花战队最为抢眼，双核的概念逐渐开始深入人心。

双核吗?

每每触及这个问题的时候，陶轩都会想到苏沐秋。如果不是那场意外，他相信所有人早就会见识到什么叫双核。

真可惜啊……

陶轩想着，望向窗外并肩离去的叶秋、苏沐橙。他一直很小心地在他们面前不去提及这个问题，尽可能让两人不要感受到悲伤，毕竟两人都还只是十几岁的孩子。结果刚刚无心之下，还是有了一个惋惜苏沐秋的感慨。

大概是最近被百花双核刺激的，越发惋惜苏沐秋的去世了吧?陶轩叹息着，想着。

窗外。

“我们去哪？”苏沐橙问叶秋。

“呃，过年嘛，要不要去买些烟花？”叶秋提议。

“还是不要了吧，万一烟花伤到你的手呢？”苏沐橙说。

“哪有那么夸张。”叶秋不以为然。

“还是小心些好哦！”苏沐橙模仿着陶轩的口气。

“哈哈。”叶秋笑着，一边望向路边，一个孩子在地上摆好了一株花炮，但是笨拙打起的花苗却一再被风吹灭，孩子显得有些束手无策。

叶秋笑笑，从口袋里掏出烟来，麻利地点起了一根，然后向小孩示意着。

“小孩不能抽烟。”小孩望着叶秋，眉头拧得紧紧的，像是见了坏人。

“哈哈哈哈。”苏沐橙笑得腰都直不起来了。

“给你点炮用的。”叶秋翻着白眼。

“哦……”小孩这才反应过来，跑过来接过，道了声谢。

花炮很快被点燃。

可是因为白天，喷出的烟火并不怎么绚烂，看起来有些苍白。

小孩依旧很高兴，拍手叫好。

苏沐橙望着苍白的烟火。

“以前，我和哥哥买不起烟花，但是也想玩，他就不知从哪里搞来很多乱七八糟的东西，说要自己做。”苏沐橙说。

“他就是有这天分。”叶秋感慨道。

他们并没有陶轩想的那么脆弱，他们自己时常会主动提起苏沐秋，因为他们始终在很用心地思念着他。

“后来他真做成了，不过……放出的烟火就和这差不多。晚上。”苏沐橙说。

“他的技艺果然还是未到顶级，就像《荣耀》也始终要逊我一筹啊！”叶秋说。

“不如我们自己来做吧！”苏沐橙忽然说。

“这个，比直接买来放危险多了吧！”叶秋吓一跳。

“我们不做烟花，我们来做纸花。”苏沐橙说。

“纸花？”叶秋疑惑。

苏沐橙抬起手，比了个枪形，对准了叶秋的脑袋。

“砰！”苏沐橙模拟开枪，“喷出的是纸花。”

“明白，出发！”叶秋懂了，两人并肩离开。

夜幕降临，万家灯火，时不时有爆竹的声音响起。

陶轩也没有回家过年，而是把年夜饭就张罗在了网吧，他觉得这里很合适，吃饱喝足了，还能和叶秋打两把《荣耀》。

“我来用‘一叶之秋’，让他用个什么呢？”陶轩在为叶秋挑选账号卡。但是挑来挑去，终究还是放弃了。

“用什么我也不可能赢啊……”陶轩郁闷，他的《荣耀》水准，搁网游里都不能说是高手，和叶秋那简直就没有任何可比性。用叶秋比较不客气的说法来讲:打你，一只手都是作弊。

“怎么还没回来？”眼见已经快七点，陶轩有些心焦，不住走到窗口向外望着。两个人都没有手机，让他想联系都没有办法。

不会出什么事了吧？

正担忧着，房门终于被人敲响。

陶轩连忙跑去开门。

砰！

一声闷响，好像枪一样，伴随着的是苏沐橙的新年祝福:“新年快乐！”

“什么情况？”陶轩望着眼前这个对着自己，黑洞洞的纸筒，被吓到有点懵。

“声音很成功，不过花嘛……”叶秋摇着头，叼着烟进来了。

“你俩搞什么名堂？”陶轩还在茫然中，不过听两人说明了一下后，完全没有激起他什么兴趣。

到底还是孩子啊！他想着，他这种成年人可对做手工没什么兴趣。

“来，吃饭吧！”陶轩招呼起来。去年的春节，他就是这样陪两人过的，今年也是一样。

吃饭，闲聊，话题依然围绕着《荣耀》。

“联赛会有大前途的。”陶轩非常肯定地说着。

“希望如此吧！”叶秋说道。

“所以我们一定要跟上联赛发展的脚步，为此我想了一系列的计划！”陶轩说着，起身抱来了一叠文件。

“这些都是专门针对你的！”当中的一部分随即摆到了叶秋的面前。

叶秋拿起一份，随意地翻看着。

“去年一年，从竞技角度来说，我们无疑是最成功的，冠军就是最好的证明。”陶轩说道，“但在其他很多方面，我们的发展就差强人意了。霸图已经在谈投资合作了，蓝雨，还有那个微草战队，据说都有人看中想寻求合作，这赛季冒出来的百花战队，听说都要接代言了。”

“我们可是冠军队啊！你是《荣耀》最强选手。来找我们寻求合作的也有很多，所以我想，我们必须抓住这些机会，你看和你有关的那些策划包装就可以了，其中……”

“陶哥。”叶秋开口，打断了陶轩滔滔不绝的畅想。一叠文件，被他整个推回到了陶轩面前。

“这些我都无意，我只想打好《荣耀》。”叶秋说。

“这些……这些对你都是有帮助的啊！”陶轩茫然，他没想到叶秋居然如此丁点余地都不留地彻底回绝。

“不用了，我从上赛季到现在，始终都没有公开亮相，就是不想参与这些场外活动。我只要在电脑后打好《荣耀》，就足够了。”叶秋说着。

“你这……这又是为什么啊？”陶轩心里已经乱成一团，如果没有叶秋的支持，他的很多计划根本没办法开展，叶秋可是他们嘉世战队的台柱啊！

“也算是有一些苦衷吧……”叶秋说。

“没有办法解决？有什么苦衷，说出来一起商量啊！”陶轩还不肯放弃。

“还是不用了，就我个人意愿来说，也确实不想参与这些。”叶秋说道。

“好……好吧！我尊重你的意愿，我再想其他办法吧！”之前还眉飞色舞雄心壮志的陶轩，瞬间变得垂头丧气起来。

“抱歉了，陶哥。”叶秋说着。

“没有事，如果你有什么需要帮助的，尽管提。”陶轩的笑容有些勉强。

“好的。”叶秋却丝毫没有动摇自己的决定。

原本欢愉的气氛顿时再也找不回来，陶轩有试着调节来着，但是谁也看得出他心不在焉。

漫长的等待，终于到了十二点钟声敲响的一刻。

“新年快乐！”

“新年快乐！”

互道了祝福后，这顿年夜饭就这样散场了。

叶秋和苏沐橙走在街上。

漫天都是烟花，到处都是轰鸣的爆竹声。

“你不敢曝光，是怕你家里把你抓回去吗？”苏沐橙问话都是用大声喊的。

“有这个可能哦！”叶秋也只能大声喊着回答。

“那现在这样还是挺好的。”苏沐橙继续大声喊。她从小就是和哥哥相依为命长大，真正的家庭她从没有体会过，她只是觉得有这样一个人不受打扰地陪在身边，那就是最好的。

“是啊！挺好的。”叶秋揉了揉苏沐橙的头。

“等我长大了，也来打《荣耀》？”苏沐橙忽然喊道。

“好啊，也来嘉世战队。”叶秋喊。

“嗯。”苏沐橙点点头。那样的话，就能一直在一起了，她想着。

春节过去。各大战队的选手结束假期回归战队,《荣耀》联盟第二赛季的比赛继续如火如荼地进行。备受关注的百花战队，终于迎来最能验证他们实力的考验。

嘉世!

上赛季的冠军，联盟目前的最强者，虽然这个赛季被百花压了一头，但实际两队在积分榜上差距不过2分，一场直接对话，就有可能改变他们的排名，而这一天，终于来了。

叶秋!

百花备战室里,孙哲平深深地吸了一口气。就在半年前的夏天,他还坐在网吧里一遍又一遍地欣赏着叶秋获胜的场景，想不到半年之后，自己居然就有了和他直接一较高下的机会。

这半年，真是宛如梦幻啊！结识到了这么一位强有力的伙伴，两人的配合如鱼得水，所向披靡。现在终于遇到了，叶秋。外界现在几乎一边倒地看好他们百花，什么一加一肯定大于一之说，让孙哲平觉得十分不屑。那些家伙，就和他当初混网吧见过的很多人一样，什么也不懂。他们根本就不清楚叶秋有多可怕，也根本不知道叶秋可从来都不是一。

吴雪峰！“气冲云水”！

在斗神光环下，多少人都忽略了的选手和角色，他在叶秋身边起着多大的作用，那些个家伙又怎么会知道。

“吴雪峰，要注意他的‘气冲云水’！”孙哲平对张佳乐说着，终于等到了这一天，他一定不会犯很多人都犯下的大错误：忽视吴雪峰。

“明白。”张佳乐点头，嘉世、叶秋，一直都被他们锁为劲敌，做过研究。张佳乐完全认同孙哲平的判断，吴雪峰是必须要注意的存在。不过除此以外，他也有他十分在意的问题。

“你说，这个叶秋到底什么样啊？”张佳乐说道。

“今天之后，你终于不用遇到对手就问这个问题了。”孙哲平感触良多。由于还没有和嘉世正面交锋，所以初入联盟的二人至今还是不知道从不曝光的叶秋什么样。但是联盟中不少上赛季的队伍，他们可都见过叶秋。百花这一路比赛下来，张佳乐也就这么问了个遍，说实话，孙哲平觉得有点羞耻。

“准备出场！”这时有人推开百花备战室的门喊道。

“我们上！”孙哲平起身，期待已久的对决终于要来了。而张佳乐这时已经一个箭步抢先冲了出去。一眼看到对面主队备战室的房门也已经打开，嘉世队员顺序走出，正往赛场走去。

“叶秋！”张佳乐喊着，快步向队首追去。

“我们的队长一般都会提前一些上场。”嘉世队伍中有一人开口说道。

张佳乐扭头，看到了吴雪峰。

这个在孙哲平眼中异常重要的嘉世第二号人物，很随意地走在队伍中间，没有太靠前，也没有太靠后。

出场次序在一定程度上也会显示出一位选手在队中的地位，但是吴雪峰却好像并不在意这一点。

“比赛场见。”他甚至没有停下脚步，笑着对张佳乐又说了一句后，就从张佳乐身边擦过，和队友们一起向赛场走出。

“见到叶秋了？”孙哲平这时才和其他百花队友一起从备战室走出。

“没有，他提前上场了。”张佳乐说。

“就是不想被关注到啊！”孙哲平感慨。

“不过我见到吴雪峰了，还和我说了话。”张佳乐说。

“哦？看起来是个怎样的人？”孙哲平忙问，吴雪峰虽然从电视上早看过真人，但是此番也才是他们第一次有机会真人接触。

“呃……就是……一个人而已。”张佳乐的回答简直有些不像话。但是他真的不知道该怎么描述吴雪峰。吴雪峰没有给他很强烈的感觉，只是擦肩而过的时候和他说了两句话，一切发生得都那么顺理成章，感觉不到什么特意，也就感觉不到什么个性。

“那就用比赛去了解吧！”孙哲平说着。

百花战队出场，不过同时登上赛台的，可不止百花和嘉世两队。

蓝雨、微草、呼啸等等，一共有八支队伍的选手分别从四个选手通道走上了赛台，本轮联赛的四场对决，将在这里同时开打。

不过当中备受关注的还是嘉世和百花的这一轮对决，甚至很多参赛战队的人员目光紧盯的都是嘉世和百花比赛的电子大屏幕。谁都想知道叶秋能不能挫挫这对新人组合的锐气。

可是谁都没想到，大家期待已久的对决，竟然到了团队赛才开始发生碰撞。

孙哲平和张佳乐全都跑去擂台赛打擂了，结果叶秋和吴雪峰却全都是在个人赛中出场，单人赛事双方就这样擦肩而过。最终嘉世个人赛三战全胜，取下了三分;百花战队则拿下了擂台，收获两分。

大家所期待的核心对决，接下来才要开始。团队赛，叶秋、孙哲平、张佳乐终于齐聚阵上。至于吴雪峰，很多人眼中的他可不是核心级的人物，只有孙哲平和张佳乐特别在意他。

盼望已久的对决，有关这一场厮杀，孙哲平和张佳乐私下里就不知聊过多少次了。

他们在联赛所向披靡，但是在未战胜叶秋之前，他们始终没有丝毫的骄傲和懈怠。这一天，终于来了。

“上！”

“上！”

两人在频道里发着消息，“落花狼藉”“百花缭乱”，两个角色冲出。百花其他人的角色紧随其后。

嘉世战队却不如他们这么急切集中，五人的角色从一开始就分散。备受期待的“一叶之秋”，竟然没有直冲中路，而是选择从侧翼迂回。

“搞什么！”黄少天对此十分不满。他随蓝雨战队一起也来到现场，不过还不是正式选手的他也只能留在观众席上观战，更多的关注，却也是留给了这场嘉世对百花的比赛。

“这是战术。”黄少天身边，喻文州捧着一个硬皮本，正往上写着什么，字迹十分工整。

“不要说得好像你很懂似的。”黄少天对他嗤之以鼻。

喻文州不和他争辩，只是盯着比赛。双方明明还没有发生接触，但他看得却好像更认真了。

"'一叶之秋'这是在躲什么，还说是斗神？"黄少天在一旁抱怨个不停。

两队的角色这时终于发生了遭遇。

"一叶之秋"呢？"气冲云水"呢？

不知孙哲平和张佳乐，百花全队都在快速搜索这两个角色的身影。孙哲平对这对手的重视，对吴雪峰和他"气冲云水"的强调，当然不是只对张佳乐一个人说，而是对全队说。

"气冲云水"就在对面阵中，和嘉世的元素法师和魔剑士一起，身后站着牧师，唯独"一叶之秋"不见踪影。

"上上上！"场外的黄少天高喊着，"一叶之秋"不在？活该！就让嘉世这样被百花打烂吧！他这样想着。

"上！"百花果然也没太犹豫，立即发动攻势。孙哲平的"落花狼藉"当仁不让地冲在最前。

枪声炮火落下，战斗打响，大片光影掩护着"落花狼藉"的身形。魔道学者、流氓，百花的另两个战斗职业紧随，牧师保持距离在后。

嘉世连忙攻击阻挡百花的冲势。魔剑士的波动剑率先扫出，"气冲云水"和元素法师在他身后，吟唱、攻击，节奏却都不一致……

嘉世挡不住，角色不住地后退。

“上啊！”黄少天兴冲冲地呐喊着，他很喜欢这种锐不可当的冲劲。

但他身旁的喻文州却眉头紧锁，看起来面有忧色。他不住翻看着自己之前写下的内容，计算思考着什么。他想知道目前“一叶之秋”的位置，可是大屏幕上却始终没有给出。

“打垮他们！”黄少天的声音几乎就没停过，画面也终于在嘉世节节后退的情况下，显示了一下“一叶之秋”在干什么。

“一叶之秋”……居然什么也没有干，只是停留在一个位置上。

“这白痴在做什么？”看到这一幕黄少天脱口而出。但是喻文州更注意的是“一叶之秋”目前的坐标。

（56,73）

坐标被他飞快摘抄下来，仿佛是得到了解题所需要的最后一个公式，一切疑难终于在此时全部解开。

喻文州敲打了几下硬皮本，合上。

接下来，就该是看比赛要验证自己的推测了。

一旁的黄少天一直叫嚷着观看比赛，表现得极其兴奋，但是眼角的余光也一直留意着喻文州的举动。

这家伙发现了什么？

看到喻文州合上硬皮本一脸期待地望向比赛，黄少天心下这样想着。

而此时，百花战队终于彻底冲破了嘉世的火力封堵，“落花狼藉”挥舞手中重剑，一记地裂斩直轰嘉世阵中。

“叶秋，出来！”张佳乐终于按捺不住，在公共频道里叫道。

“来了。”居然有人回答，“一叶之秋”就在此时自斜刺里杀出，“百花缭乱”投下的光影还在，但他毫不畏惧地投身其中。一转眼，他就已在“落花狼藉”的身后。

孙哲平怎么也没想到，他和叶秋，“落花狼藉”和“一叶之秋”，第一次在对决中相遇，会是这样背对着，没去针锋相对，反倒背道而驰。

他想转身，可是他先前的攻击却不能停，孙哲平忽然发现，他处在了一个两难的境地。

幻影龙牙！

“一叶之秋”却已经出手了，一出手就是五十级的大招。在绚烂的炮火光影中，一道又一道的乌黑仿佛毒蛇般一次紧接一次地窜出。

战矛却邪！

用《荣耀》装备编辑器制作的，属性超越橙装的银装，整个《荣耀》到现在都还没几件，叶秋和他的"一叶之秋"，却在上赛季一开始就挥舞着这么一杆银装战矛。

百花的冲击阵型瞬间撕裂，"落花狼藉"身后跟上突破的流氓连退了数步躲避攻击，魔道学者试图空中变相绕过，却被"一叶之秋"硬生生从空中捅了下来。

二人受阻，"落花狼藉"的地裂斩顿时显得孤立无援。节节后退的"气冲云水"三人立即开始了反扑。地裂波动剑卷过，"落花狼藉"被扫倒，没等受身站起，已被"气冲云水"的雷震击中，跟着一道雷电贯穿直刺他的胸膛。"一叶之秋"也急转身形，对着他的后背就是一串连击。

银装却邪的强大杀伤，背击的伤害加成，其他三人的又一波攻击，同时还有牧师笼罩下来的圣戒之光……

孙哲平幻想过无数次和叶秋交手的情景，但是没有一次想到这样的情形。他甚至没来得及去正面看清"一叶之秋"，竟然就已经倒下，最后留在他眼中的那一抹色彩，仅仅是各种属性的魔法炫纹在他身上炸开的魔法光影。

死了？

孙哲平简直不敢相信，这就是他和叶秋的第一次交锋，自己竟然这么脆弱就死掉了。

全场也是目瞪口呆。

看好百花的人本就很多，谁也没想到“落花狼藉”这么痛快地就被解决了，几秒前，似乎还是百花冲破了嘉世的攻击要大开杀戒了，结果“一叶之秋”一投入战斗，形势就发生了翻天覆地的变化。

“这是搞什么呢？”黄少天嘟囔着，心理落差已经完全写在脸上了。

“这是战术。”喻文州还是这个回答。虽然他脸上也有惊讶，他也想到了嘉世会出现这样破局的变化，但是他没想到嘉世竟然可以在这破局中一波攻击就把百花打死……

这是战术，可是能将这个战术发挥出如此效果，则完全超出了他的预期。

喻文州又翻开了他的硬皮本，这一次黄少天看了过来，准备看看这家伙到底是在记些什么。

喻文州却提笔迟疑了好一会儿，最后写在本上的，仅仅是两个名字。

叶秋——"一叶之秋"。

这算什么？黄少天刚要问，身后却传来一个声音。

"你认为只有他可以做到这种程度？"有人在他们身后说道。

两人回头，看到的是一个比他们略大的少年，因为座位稍高，让他可以轻松看到喻文州写在硬皮本上的内容。此时他正打量着转过身的喻文州，但是他的双眼却有些奇怪。两个眼睛并不对称，左眼比起右眼似乎要大上一些。

"你是谁？"黄少天立即问道。

"微草，王杰希。"对方回答。

黄少天笑。微草战队的阵容中可没有这么一个名字，这个小子以微草自居，顶多和他们一样是训练营的学员。说话这口气，可真是有点大言不惭。

"你……"

"你好，蓝雨，喻文州。"

黄少天正准备出言讥讽几句，却想不到喻文州已经向对方伸出了右手。前后两排的少年，相互握了握手。

"你不认为这种程度，很大原因是因为叶秋的个人水平和'一叶之秋'的角色强力？"喻文州随即问道。

“当然是因为如此。”王杰希说道。

“那你臭屁什么啊！”黄少天叫道。王杰希刚才的口气，就好像那种程度不只叶秋能做到，而另外能做到的就是他似的。

“因为我对战斗法师并不很精通。”王杰希说。

“哦？那你的职业是？”喻文州问道。

“魔道学者。”王杰希说。

魔道学者……听到王杰希的《荣耀》职业，喻文州和黄少天忍不住互望了一眼。这个少年他们没有听说过，但是微草战队的当家角色，魔道学者“王不留行”可也是赫赫有名的强力角色。在这样的战队中，选择当家角色的职业，那通常都会有很深的意味啊！

“魔道学者的话……”喻文州回身望向台上，此时的场上，百花战队中不也正好有一位魔道学者？只是刚刚被“一叶之秋”直接从半空中戳回地面，而后在嘉世的全力反扑中也尽显狼狈。

“如果我是他的话。”王杰希说着，向喻文州示意着，让他把他的硬皮本拿过来。

“抢（58,70）这个点，然后从这里，切入！”王杰希用手指在喻文州的勾勾画画的本上比画着。

“什么啊？”黄少天看不太明白喻文州的笔记，也没领会王杰希的比画。

但是喻文州的神情却很认真，“这个位置切入？这里？”他戳着本子再一次确认着。

“对！”王杰希点头。

“这……怎么可能？”喻文州说道，他可不是会随便开口质疑别人的人，连他都开口说出这种话，可见王杰希的这一念头有多么的天马行空、匪夷所思。

“然后呢！”但他还是想听一听王杰希的想法。

“驱散粉，寒冰粉，扫把旋风。”王杰希只是说了三个技能的名字。

驱散粉降低对手速度。

寒冰粉赋予武器冰属性。

扫把旋风破局。

三个技能的用途喻文州都意识到了，可是，怎么在这种处境下施展？王杰希之前所说的抢位、切入，分明是把自己塞到了“落花狼藉”和“一叶之秋”背对背之间，这狭小的空间，怎么抢出这三个技能？

“吹牛！”黄少天这时看明白了，立即毫不留情地对王杰希表示出不屑。

“下个赛季，你会看到的。”王杰希没有更进一步去解释，因为这当中有太多细微之处已经不是用言语可以描述得清的。

“哼。”黄少天依旧表示不屑，“强制取消地裂斩，空转身银光落刃，‘一叶之秋’的截杀也不是不能阻止。”

“有这样的机会吗？”王杰希笑。理论和现实，往往是存在差距的。

“当然！”黄少天说得异常肯定，看起来实在不像是虚张声势。

现场回放的电子屏，恰巧在放“一叶之秋”这一次精彩的突杀。

“就是现在！”黄少天忽然叫道，但是画面已经一闪而过。

喻文州和王杰希对望了一眼，好在回放不止一次，他们已经知道应注意的点在哪里，又一次慢放时，一切看得更加清楚。

王杰希看向黄少天的眼神顿时也不一样了，这个看起来有些聒噪的家伙，原来并不止是话多，竟然有发现他都没有察觉到的东西。

这是一个机会吗？

理论上来说，是的，在这个时节，完成黄少天刚才所说的操作，确实大有机会破坏“一叶之秋”的突杀。

“你叫什么？”王杰希问道。

“黄少天。”黄少天昂起头。

“是有这个机会。”王杰希承认，“但是，能把握到吗？”

看到机会，是一回事，能不能把握住机会，那更是考验。

“下个赛季，你会知道的。”黄少天用了同样的回答。

“那么，下个赛季，场上见？”王杰希说着。

“场上见！”黄少天说。

“你呢？”王杰希望向喻文州。

黄少天忽然有点难过。王杰希显然并不知道喻文州在手速方面的缺陷，如果他知道的话，还会对喻文州有这样的期待吗？

喻文州却依然很平静。

“你们两个，是不是忘了一件事？”他说着。

这一次，轮到黄少天和王杰希疑惑对望了。

“什么？”两人一起问道。

“叶秋不是死人，嘉世也不是只有一个叶秋，你们确定，你们的应对可以就此压制住叶秋，破开这个局面吗？”喻文州说道。

两个人忽然都不说话了。

他们的应对是可以破开局面，但是，前提是他们的应对让叶秋束手无策。

可以吗？

两人不再像之前那么有信心了。

“所以，我觉得我还没有准备好。”喻文州说着，合上了他的硬皮本。场上，强势反扑的嘉世，顷刻已将百花战队击溃，冲在最前的，就是联盟上个赛季的王者，斗神，“一叶之秋”。

百花惨败。

引人注目的“繁花血景”，在风光无限了半个赛季后，终于遭遇了滑铁卢。击溃他们的，是叶秋，是嘉世。

充满期待和斗志走上场的百花选手，再走在选手通道时，都有些垂头丧气。

谁都没有说话，孙哲平没有，张佳乐也没有。

他们沉默着返回备战室，刚走到门口，对面备战室的房门打开，走出了一个人，一个他们之前和嘉世战队一起出场，却没有见过的人。

“叶秋！”孙哲平立即脱口喊出。

“啊？”那人应了一声，看着百花战队的诸位。

这就是他们一直期待见到的叶秋。可是现在，他们是败者，先前的期待和斗志都被这场败局给击溃，而击败他们的叶秋偏偏在这时候出现在了他们面前，让他们很尴尬。

但是即便如此，孙哲平也没有低头——他在任何时刻都不会低头。叶秋果然很强，比他从旁观角度所看到的要强得多，这只会让他更加努力地鞭策自己。

“下次我们一定要赢！”孙哲平说。

“没那么容易。”叶秋笑。

“一定会的！”张佳乐走出来，支持着他的搭档。

“别那么激动。”叶秋还是笑着，一直摸着口袋的手这时总算掏出，手里拿着半包烟。

“抽不抽烟？”他向冲着他火药味十足、针锋相对的两位问着。

“呃？不会……”正在坚定决心的两人都没想到突然遇到这样的问题，有点反应不及。

“通道里不许抽烟啊！”有声音不知是从哪里传来的，响亮，娴熟，似乎早有准备似的。

“我去抽烟。”叶秋朝着百花的诸位挥了挥手，向通道外走了。

百花的诸位都愣在原地。这就是联盟最强的选手，刚刚击溃了他们的家伙。但是从他身上却没看见多少胜利者的骄傲，可同时，对于他们立言下次要获胜的挑衅，也没有多少谦虚和客气。

没那么容易。

他是这样答复的。

这话，好耿直，好真实。

确实，没那么容易啊！从一开始他们就知道，而现在，更知道。

双核时代。

有关这个话题的讨论在这一场比赛后顿时变得没那么热烈了。虽然百花战队并没有因此一蹶不振，但是这个时代的王者，到底还是叶秋，还是嘉世战队。

谁能阻挡“繁花血景”的胜利？“一叶之秋”吗？

大家现在发现，这个命题，他们把主次给搞反了。这还是斗神的时代，“繁花血景”想当主角，那得等他们战胜了斗神再说。

世界只能有一个王。

冠军，也只可能有一个。

只有冠军，才是主角。

在此之前，所有人，所有战队都只是拼抢这一名额的一员，嘉世如是，百花如是，其他战队纷纷如是。

蓝雨战队。

最近所有人都突然发现，黄少天有些不一样了。虽然话还是很多，但是在打《荣耀》的时候却多了些许沉稳，那种来源于网游的，让魏琛一直觉得有些头痛的随性似乎正在悄然收敛着。就好像一个人忽然找到了目标，那么他的所作所为都变得异常清晰明确。

黄少天最近的打法，就在发生着这样的变化。

这一切，魏琛全都看在眼里。

“你觉得怎么样？”连续观察了很多天后，魏琛肯定了这种态度和气质的转变并不是偶然后，终于决定提出来和人讨论一下。

默默注意着这些变化的人并不止魏琛一个。

方世镜，蓝雨的自由人选手。所谓自由人的意思，就是什么职业都会玩，这样的选手，想做什么事前的针对部署显然是不可能的，每场选用的职业角色不同，打法就不同，根本没法早做安排。

联盟超过半数的战队都有一个自由人，他们的身份让人感觉十分酷炫。但是经过了快两个赛季后，大家渐渐都感到自由人的酷炫实在没法很好地反映到比赛中。这是一种很有趣，但事实上并不实用的安排。本赛季迄今为止，已有四位自由人选手将自己固定在了某个职业上，余下的，也大幅度缩小了自己的职业选择范围。而蓝雨的方世镜，他的转变更加实用，他成了蓝雨队的黄金替补。因为所有职业都会，所以当主力阵容中谁的状态不佳，又或者是需要一些变化时，方世镜就会披挂上阵了。

一开始对这样的安排，魏琛还觉得有些对不起方世镜。他们是从网游里就在一起的老朋友了，一起组蓝雨战队，一起打过很多比赛，再到组建联盟，有老板看好收编他们组建蓝雨俱乐部，再到第一赛季，他们一直并肩作战。魏琛觉得没有给好兄弟找到一个好位置，居然让他当替补，太委屈他了。

但是方世镜对此不以为然。

自由人是一种错误的安排，他比任何人认识得都要清晰。而要改变这种错误，但又不浪费他们这些自由人选手的特长，转当替补最为合适。用少量的人员，让队伍更加坚固也更加富有变化，是对战队最好的选择。

不过蓝雨战队这赛季并没有因为一个自由人的转变而变得更有起色，相比起上个赛季，他们甚至还有些退步。

毕竟，他不是这支队伍的主角，而最能影响到这支队伍的那个人现在是什么状况，方世镜也很清楚。

清楚，却又无奈。

因为岁月的吞噬是任何人都无法逃脱的，所以他们只能寄希望于新一代来完成他们未能完成的。

黄少天，魏琛一直在期待着，注视着。方世镜同样也是，最近黄少天的变化，他也看到。而他作为一个全能自由人，对于黄少天的剑客职业也比一般人有更深的体会和见解，所以魏琛也更看重他的看法。

“他的天赋，他的才能，现在才真正融入到职业对决中。”方世镜说着。

“记得我们最初和他在网游中打交道那会儿吗？”

“我们人多势众，个人实力也未见得就不如他，但是我们却还是总被他钻到空子。”

“他天生就有那种洞察力，可以把握到那些可以修改场面的机会。以小博大的场面，最容易激发他这种敏锐的嗅觉。”

“但是以训练营的环境来看，一对一的常规练习，对他而言都太安逸了。”

“他最近一定是看到了什么超高水准的场面，被打动了，所以才会开始努力钻研。”

“他需要的就是这种环境和氛围，我们要为他营造。”

“为什么早没有察觉到呢？”魏琛颇有些遗憾地说着。

“他能自己主动意识到，去寻求进步，总比我们逼迫他成长要好，那样说不定会适得其反。”方世镜说。

“那么就从现在开始吧！”魏琛说道。

“好的。我来为他制订一个训练计划。”方世镜说道。

“希望还能赶得上。”魏琛嘀咕着。

“你说什么？”方世镜没听清魏琛这句话。

“没什么。”魏琛说着，“那么在你做出计划前，就由我先陪他练练吧！让他感受一下压迫，哈哈哈哈。”

“看剑！我去！”黄少天怒吼着放出大招，但最终被对方控制得死死的“夜雨声烦”终究还是没有抢到他眼见的那个空当，倒下了。

“哈哈哈哈，小子，还嫩了点！”魏琛大笑着，掏出香烟来点上，但是他的心中可一点儿也不像他的笑容这么志得意满。

刚刚，最后，“夜雨声烦”的剑锋所指，着实让他一阵心慌。“夜雨声烦”长剑的光芒，仿佛破开了屏幕，刺向了他的胸膛。

他知道那一瞬间他所面临的危机，他也想要去做出一些应对，但是，来不及，无论是反应，还是操作，他都慢了，那一瞬间魏琛心中所感受到的绝望和无力，让他有毁灭世界的冲动。

但是最终，还是他赢了。因为黄少天自己出了问题，他看到了机会，但是出手的时机和准度，却都有点偏差，剑光最终只是从那空当闪过，让魏琛虚惊了一场。

“哈哈哈哈！”魏琛还在笑着，用笑声掩饰他的心绪。

一只手按在了魏琛的肩头，他回头望去，看到的是方世镜那难掩兴奋雀跃的面孔。他用异常激动的眼神向魏琛示意着，那意思魏琛明白，方世镜是在说："看到了吗？那一剑！"

魏琛看到了，不只看到了，还感受到了。

那一剑彻底展示出了黄少天的才华和特点，有朝一日，一定会在《荣耀》赛场上发光出彩。

但是除此之外，魏琛还看了一些东西，一些方世镜兴奋于黄少天的表现，而没有注意到的情景。

他还看到自己，自己，真的已经没有再去角逐《荣耀》最巅峰的能力了……

"别得意，赢的应该是我！再来！"黄少天叫着，这是他输掉的第三局，也是他最接近胜利的一局。他很清楚，那一剑如果出得再快一点点，再准一点点，此时倒下的，可就是对面那个老家伙了。

"再来？呵呵，我的时间可不能全浪费在你身上，还有其他人，我要一一考察。"魏琛说着。

众人哗然，今天的队长，居然这么有耐心，要和他们所有人一一打过？所有人都兴奋了，他们可不像黄少天那样对魏琛没大没小，在他们眼中，魏琛和他的"索克萨尔"可是神一样的存在。

"我来我来！"少年们争先恐后，黄少天愣在一边，也不好再去争了。他知道对于所有人来说都是很难得到这样的机会了。

魏琛就这样，乐呵呵的，抽着烟，和这些训练营的少年一一打过，有的一局，有的两局，他不停地胜利着，让每个败下去的少年赞叹着他的厉害。他不是要用这样的方式换取自信，更不是要让少年们的赞叹麻醉自己，他只是想更多地、更清晰地感受这支队伍的氛围，他已经意识到，自己离开的时候就快要到了。

最后一位少年坐到了魏琛的对面。

魏琛抬头看了一眼，这最后一位，也一直是训练营考核成绩的最后一位。没有人觉得他会有什么前途，但是至少，他还是蓝雨战队的一员，自己没有理由拒绝。

如此想着，魏琛确认了比赛开始。

“术士？”

魏琛看到了对方的账号职业，有点意外。他并没有太多地关注喻文州，在依稀的印象里，他以前用过的职业好像不是术士吧？不过眼下也顾不上去了解太多，魏琛操作着自己的术士上前，因为是和少年们交手，他并没有用他的“索克萨尔”，那太欺负大家。

双方很快在地图正中相遇，魏琛没有迟疑，攻击！

但是对方却已经先一步躲到一侧巨石背后。魏琛让自己的术士快步上前，就在迈步要抢出视角的那一刻，忽有光柱升起，顿时将他的术士锁在了当中。

“六星光牢”？

预判攻击？

不，准确地说，是伏击。如果不是藏在石后让魏琛看不到他的动作，预判攻击也不至于让魏琛在角色移动中就撞个正着。

但是同样的，角色藏在巨石背后的喻文州也看不到魏琛的术士，这是准确猜出了魏琛的举动，并算清了魏琛术士移动到这位置所需要的时间，才做出的精确攻击。

魏琛本人就是术士，一个精于计算的术士意味着什么，他再清楚不过。

这种术士，一次控制，就意味着一次毁灭。

不过，这个小子，能做到吗？

做到了！

魏琛的术士倒下的那一刻，所有人都目瞪口呆。喻文州接下来的控制和攻击把握得十分出色，他那迟钝的手速完全掩盖在了这完美的节奏下，让他一直把优势保持到了最后。

赢了？

连黄少天都没有做到的事，这个小子做到了？

队长是太累了吧？

所有人都在如此想着，虽然知道魏琛和他们打并不会吃力，但毕竟打了这么多局，战斗再轻松，累计的数量也足够让人感到疲倦了。

方世镜的手又一次按到了魏琛的肩上，这一次，他的眼中再次出现异样的神采，不同于看到黄少天表现时的那种兴奋，这次，更多的是意外而来的惊喜。

魏琛这次没有回头看他，他掐灭了一直抽着的香烟。

“不错，再打一局看看。”魏琛说着。

又一局开始，一样的地图，一样的位置遭遇，魏琛再次发起一样的抢攻，喻文州的术士也再次闪到了那块巨石后方。

和上次完全一样？

所有人疑惑着，而这一次，方世镜走到了喻文州的背后去观看。

似乎……是一样？

方世镜看着喻文州术士的站位，看着喻文州左手在键盘上的提前摆位，确实是又在等魏琛上次一样的出现。

魏琛会用一样的方式出现。了解老朋友的方世镜猜得到这一点。因为上次确实太意外，所以这次他会用一样的方式来搞搞清楚，当然，也有一丁点不服气的成分。只不过，这一次的魏琛，会用同样的方式出现，但是同时，他也知道喻文州会用什么样的方式攻击，心中肯定早已有了应对的方法了吧？这个喻文州，如果以为用一样的手法能同样奏效两次，未免会把职业选手想得太简单。

来了！

屏幕上，在喻文州的视角中，魏琛的术士冲出，而这一次他预判了喻文州术士的所在位置，预判了喻文州的手段，所以他冲出的术士有一个精巧的变向。术士这职业的所有信息他都太了解了，这个变向，足够他刚好闪过对手的“六星光牢”。

但是这一次，没有“六星光牢”，天空中，“混乱之雨”落下。

魏琛术士的操作陷入了不规则，任何天赋和经验也没办法在这种不规则和随机混乱中控制好角色。喻文州这边不紧不慢的攻击又发起了。攻击、控制，交替进行着的完美节奏，最终，魏琛的术士倒下。

房间里一片静悄悄。

两局，魏琛竟然输给了喻文州两局。

第一次可说是意外，第二次，魏琛自信满满地复制着第一局的局面，做好了准备，居然还是输掉？

绝大多数人都转到喻文州身后去了，他们都想看看喻文州是怎么做到的，只是，不知道还会不会有第三次。

大家都在偷偷看着魏琛的神色，只有方世镜是赤裸裸的，目光中甚至有几分嘲弄。

喻文州没有把他们想简单，没有以为一样的手法可以奏效两次。是魏琛把喻文州想得太简单了，居然以为自己针对对方的前次打法就可以，居然以为喻文州不会做出别的调整。

看到老友嘲笑的目光，魏琛很无奈。他不得不承认，刚刚这一局他有一些输了第一局后的小别扭，他有一些小瞧了喻文州。这孩子，虽然有很大的缺陷，但是一直都在很用心地学习提高，自己应该对他的努力给予必要的尊重。

“打得很好。再试一局，这次再不让了哦！”魏琛说着。

“好的。”喻文州的答复很简单。

第三局开始，这一次，魏琛再没有之前那些乱七八糟的情绪，很认真地，把喻文州当做对手去看待。

遭遇，交锋，闪避，退让……

两个术士展开了周旋，魏琛积极主动，一路抢攻;喻文州从最开始就被压制，但还是努力支撑着，化解魏琛的每一次攻击，让自己生存下去。

果然还是队长厉害。所有人都在想着，但是……喻文州，也不是那么弱啊！虽然被队长压制住，但一直应对得都很漂亮。

所有人都对喻文州刮目相看，但是所有人的改观，都没有方世镜那么强烈。

这一次全面的正面对决，让他更加清楚地见识到了喻文州的能力。

他的手速不行，这一点依然没有改变，所以他从来没有企图仰仗过这一点。他所依靠的，是对地图的精准把握，是对魏琛术士各方面能力的精准判断，还有，就是对自己这个术士角色的深刻理解。

喻文州是最后一个和魏琛交手的。在此之前魏琛打了很多局，为示公平，没有换过地图也没有换过角色，于是默默看着最后的喻文州，就在这些对决中完成了对地图和魏琛角色的掌握，如今很好地利用着。

他没有手速，但是却能最大化地利用对自己有利的一切条件。他处于下风，却没有轻易放弃，不断地周旋，等待着可能的机会。

如果这不是两人对决的第三局，方世镜这时候会给魏琛一点暗示，他会希望魏琛在这里稍稍放一放水，不要让这个少年艰辛的努力白费，让他对自己多一些期待和自信。

但是，魏琛之前已经连败两局了，再失一局，而且是放话“再不让了”的一局，这让魏琛颜面何存？

方世镜叹息着，终究还是不忍让老友如此颜面扫地，只是希望这个少年，不要被挫折击倒，能继续坚持努力下去。

哗！

暗紫色的光芒闪耀着，魏琛的术士再次抓住机会猛攻，而这一次，喻文州的术士已被逼入绝境，没有退路，也没有可做闪让的掩护。

结束了……

方世镜心下想着，心底暗暗又叹了一口气。

而喻文州却还没有放弃，在失去空间的位置，不断挣扎着，甚至还抢出了一个技能。

有这样的精神真是极好的，坚持下去！方世镜暗暗为喻文州打气，而后，也看了眼他的术士打出的技能。

衰竭？降低目标攻击力，以此来拖延争取更多的时间吗？

喻文州不懈地努力着，真让方世镜有拔了电脑插头，就让这场对决无疾而终的冲动，结果就在这时，魏琛术士的攻击突然一顿，“六星光牢”的光柱，就在此时升起在了他的身边。

中招！

魏琛的术士被“六星光牢”锁住，然后喻文州那生命所剩无几的术士，又开始他那完美精确的攻击节奏，只是这一次，因为自身生命不多，有了不少自我保护的调整。

但是这一切都没有影响到他对场面的控制，在所有人的目瞪口呆中，魏琛的术士倒下，第三次。

怎么回事？

方世镜都有些茫然，他飞快地回忆着开始逆转的前后，最终留意到了魏琛攻势的那一顿，想起魏琛那时攻击的手段，这么一顿的话……

衰竭！

是因为那个衰竭！

那个衰竭，延长了战斗，而魏琛一直以来的攻击节奏，因为这延长而被打乱。战斗超出魏琛的预期，这就导致了魏琛接下来想要衔接攻势的技能，还在冷却中！

没错，是这样。方世镜在脑海中复盘了魏琛那时的攻势，很快肯定了这一点。所以说，喻文州所做的一切，不是无奈地挣扎，不是苦苦地等候，而是在引导，他是在谋划将魏琛引入了那个局，拖入了那个节奏，在他正要顺畅收尾的时候，用一个衰竭，破坏了魏琛的节奏，制造出了反败为胜的最佳时机。

刻苦、努力、坚持？这都不是喻文州身上最可怕的，最可怕的，是他的头脑，他的计算，想不到这个因为缺陷一直被人看轻的少年，居然是这样的了不起。魏琛，你看到了吗？

方世镜望向对面的魏琛，魏琛的神情看不出喜怒。在发了一会儿呆后，魏琛长出了一口气，站起身来，仔细看着喻文州。

“谢谢前辈指教。”喻文州站起来说着，连胜魏琛三场，别说是训练营，就是整个蓝雨战队，整个《荣耀》，能做到的人恐怕也不会太多。

他做到了，以他一个训练营学员的身份，以他这令人鄙视的手速。但是他没有兴奋，更没有骄傲，如同他被人嘲笑他的手速时那样，不卑不亢。

魏琛点了点头，伸手在口袋里掏着，最后拿出的，却只是一个空烟盒。

魏琛一脸遗憾，把空烟盒扔到了一边。

“继续加油！”他说着，对喻文州，也是对所有人。

“是！”所有人回答着他。

“我去买烟。”魏琛转身，离开，方世镜连忙匆匆赶了上去。

魏琛听到身后匆匆赶来的脚步声，不用回头，也知道是方世镜。

“是时候了。”身影刚到他身旁，他就开口说着。

“什么？”方世镜一愣。

“想不到那个喻文州也是一个厉害的家伙。”魏琛说。

“谁也没有想到。”方世镜说道。

“我们总是察觉得太迟，没有最好地帮助到他们。”魏琛说着，他们，自然已经不单指喻文州了。

“他们会有大出息的。”方世镜说道。

“嗯，但这还需要时间，你要好好帮助他们。”魏琛说着。

“那是当然的。”方世镜随口答道，但是，他马上意识到了这话里别样的一种意思。

“你什么意思！”他立即问道。

“双核时代，并不属于我啊……”魏琛感慨着，而后转过了头，在长长走廊另一端的训练室里，少年们把喻文州围在了正中，连那个话多的黄少天也是，他们正在争着要和喻文州打一局。这些人，或多或少都歧视过喻文州，眼下转变了态度，喻文州也丝毫没有介意过去。

“他是最好的队长人选，‘索克萨尔’将来也交给他吧！”魏琛说着，虽然从这三场对决才开始了解喻文州，但是只这三场，就已经可以了解足够多的东西了。

“不过在此之前，还要靠你了。”魏琛又说着。

“你什么意思？什么在此之前？你要去哪？”方世镜急了。

“我？我要去买烟啊！你也要一起吗？你又不抽。”魏琛说着，挥了挥手，头也不回地走下了楼梯。

方世镜没有再追，就这样看着。他知道魏琛正在做出一个艰难的决定，而这个时候，他并不希望有人来打扰。痛苦，他从来都是自己承受，从不与人分享。

方世镜回头，看着走廊的尽头，一群少年中的两位。

那是魏琛对他的托付，是蓝雨的未来，是属于蓝雨的双核。

巅峰荣耀

决战之时

“季后赛，我们来喽！”

刚刚结束的比赛，让现场响起阵阵欢呼声。

这一轮比赛过后，《荣耀》职业联盟第二赛季的常规赛就宣告全部结束，排名也有了最终的定论。有六支队伍早在这轮之前就已经锁定了季后赛的席位，而第七、第八名，却都是经历过这最后一轮的厮杀后才最终锁定名次，拿到季后赛争夺总冠军的最后两个席位。现场的欢呼声，大多来自这两支队伍和他们的粉丝。两队的队友，都已在比赛场上各自抱成一团。

霸图战队的队长韩文清这时也从比赛席上站起，长长地出了一口气。

赢了。

他心里想着，然后望向一旁欢庆胜利的队友。但是这些笑成一团的队友，在看到队长望过来后，忽然一个个都像是被截图了一般，顿时就有了一瞬间的定格。再然后，每个人的神情都收敛了许多，欢呼都没有之前那么肆意了。

韩文清，无论在对手还是队友眼中都是很可怕的，无论他的样貌还是气质。此时被他一眼扫过，霸图的队员再不像之前那样张牙舞爪，他们相互之间击掌、握手，很有礼貌地互相祝福着，然后簇拥到了韩文清身边。

“队长，我们赢了。”有人说道。

“是的，赢了。”韩文清点了点头。

“但是，这才刚刚开始。”韩文清说着，目光转向了场上的某处。

“是是是是。”队员们纷纷点头，他们不用看，都知道他们的队长现在在望向谁。

叶秋。

嘉世战队的叶秋。

上赛季的季后赛，他们就是败给嘉世出局的。可他们队长韩文清和叶秋的过节，据说可以追溯到《荣耀》网游开服后不久，全民等级还在三十出头的那个年代。在《荣耀》竞技场中，有两个角色拥有百分百的胜率。而现在，任何一个对《荣耀》有点认知的人，对这两个角色都不会陌生。

有斗神之称的战斗法师，“一叶之秋”——嘉世队长叶秋。

有拳皇之名的拳法家，“大漠孤烟”——正是他们队长韩文清。

只是斗神在第一赛季彻底封神，季后赛连挫强敌，最终问鼎冠军。而“大漠孤烟”，却倒在了斗神的封神之路，拳皇之名，看来有些名不副实。有粉丝笑称，拳皇嘛，拳中之皇，遇到不是用拳头的对手当然就无法称皇了。所以，还是斗神格局最大，天下无敌。

这样的玩笑话，韩文清并不在意。但是叶秋这个对手，霸图的队员却都知道他们队长在意得很。

他们上赛季的季后赛之旅，就是被叶秋率领的嘉世给终结的。

“大漠孤烟”昔日在《荣耀》初期的百分百胜率，也是被“一叶之秋”给打破的。

而在那之后的网游，或是线下的各类《荣耀》比赛中，他们两个有过多少次针锋相对的对决，那就完全没人能数得清了。

直至《荣耀》联盟成立，在这彻底职业化的《荣耀》对决中，这对老冤家再次聚首。只是赛场上，人们常能看到韩文清，至于叶秋，那家伙很古怪地从不在人前露面，拒绝拍照。他们这些选手，通常也只能在赛前或是赛后在某个地方冷不丁地相遇。谁也不知道他为什么要这样。在对他有相当仇视心态的霸图战队眼中，这种故作神秘的姿态那是相当恶心的。

就比如现在，他们的队长朝着嘉世那边望去，但是谁也知道叶秋不会出现在那里，大家只能脑补一下他的存在了。

但是韩文清依然还是固执地盯了那边有好一会儿，这才转回头来。

“我们走。”他说道。

霸图队员跟在他的身后，一路向现场观众挥手致意，退出了赛场。结果刚进了选手通道，就闻到一股烟味飘来。

“叶秋！”韩文清没看到人，就已经叫了出来。这个时间，绝大多数选手还在赛场上呢！会跑下来并且在通道里吸烟的，除了叶秋根本不做第二人之想。

“嗯？”前边有人应了声，众人走近一看，可不就是叶秋吗？

“恭喜进入季后赛。”叶秋说道。只是这话从一个提前三轮就已经拿到季后赛资格，并最终成为常规赛积分第一名的家伙嘴里说出来，怎么听都让人觉得有一股淡淡的嘲讽在里面。

但是没人说话，霸图战队的所有人都望着他们的队长。有时他们会想，不打《荣耀》，真人PK的话，大概他们队长三拳两脚就能打死叶秋。

“决赛见。”韩文清淡淡地道。

霸气！

霸图队员们激动。他们最终名列第七，这和名列第一的嘉世，将在季后赛分属两个半区。只能在最终决赛相遇。而在这之前，两队都各需要击败两个对手。韩文清现在干脆是把那两队无视了，直接和叶秋约决战了。作为一个末轮才锁定第七的队伍来说，这样的口气多少有点嚣张。但是霸图的队员们却丝毫不这样觉得，因为这就是他们的队长。在他说出这句话后，大家就觉得好像已经站在了决赛的舞台上，然后把面前这个讨厌的家伙给打扁。

“这么张狂，不好吧？”讨厌的家伙笑着说道。

“到时见。”韩文清却还是很肯定地说，跟着就从叶秋身边走过，众人紧随。

“你第一轮的对手，可就是强敌哦。”叶秋在他的身后说着。

韩文清脚步一顿。霸图名列第七，第一轮的对手，那就是排名第二的战队。

百花，本赛季最大的亮点，最受关注的一匹黑马。虽然最终还是被嘉世战队压了一头，但是依然有很多人看好这对华丽的新人组合可以问鼎冠军。至于末轮才坐稳第七的霸图，看好他们的人可就远远没有那么多了。韩文清直接无视两轮对手和叶秋约战决赛的话若是传出去，认为他们不自量力的人倒一定会有很多。

但是，这并没有改变韩文清的态度。

“你的手下败将而已。”韩文清说着，就已经重新向前走去。

“喂喂，但是赢过你啊！”叶秋叫着。常规赛里各队轮流交战，所以不存在还没有相遇过的队伍。霸图自然也早在常规赛里和百花打过，最终却在积分上落后。

“我也赢过你。”韩文清头也不回地说道。言外之意自然是说一两次的胜负也不能太说明什么。

“网游里的也算啊？”叶秋说。

“当然。”韩文清说道。无论网游，还是现在的职业赛场，他争胜的心始终都没有改变过。只要是对决，他从来都会全力以赴。说完这句后，韩文清和他的霸图战队就已经走远，身影很快消失在长长的选手通道里。

叶秋独自站在那里，像是想起了什么，连夹在指上的香烟都忘了吸。

如果网游里的都算上的话，嘉世会远比现在要强啊！因为会有那个家伙……他默默地想着。

季后赛。

几日的休息后,《荣耀》第二赛季的季后赛即将正式开始。八支队伍首轮第一回合的四场比赛，都将同时举行。因为季后赛是淘汰赛制，比起常规赛更加紧张刺激，所受到的关注也非常规赛可比。第一回合比赛的赛场，提前两个小时就开始放观众入场，很快就已经座无虚席。

漫长的等待没有人觉得乏味，各队的粉丝支持着自家的战队，和各自对手的粉丝在场外就先开始了较量，场面热闹至极。

“叶秋算什么，干掉他！”蓝雨粉丝的方阵里，有少年不顾一切地呐喊着。只是这呼声，连他们自家的粉丝都有些不太好意思附和，只能对少年的勇气和对蓝雨战队的爱表示赞赏。至于嘉世粉丝那边，不说能不能听到这少年孤独的喊声，就算听到，也只会引来一阵哄笑。

上赛季实力强劲的蓝雨，在任何人眼中都会是劲敌。但是本赛季蓝雨的战绩却大幅度下滑，最后一轮才挤上第八，搭上了季后赛的末班车。整个常规赛，谁都看得出蓝雨的实力有所下滑。他们的核心选手，队长魏琛，再不复首赛季之勇，状态一路滑坡，带着蓝雨的战绩，险些就没能闯进季后赛。

原因，所有人都清楚。这是一种无法阻止的退步。所有在为蓝雨惋惜之余，自然也就不再看好他们的实力。

而现在，首轮，他们遇到的是嘉世。虽然这赛季百花更为抢眼，但常规赛的第一名依然是嘉世，那些鼓足劲冲进季后赛想打倒的队伍，也是嘉世。蓝雨，成了嘉世首轮的对手，那一刻，就已经没有人对蓝雨有什么期待了。哪怕是蓝雨的粉丝，也将自己心中的期待，称之为奇迹。

嘉世，真的太强了……

蓝雨不出意外地败了。

“这只是第一回合，还有两回合！”看台上少年声嘶力竭地呐喊，也没有太多人能听到。季后赛三局两胜制，蓝雨是还有扳回的希望。可是在看过第一回合的表现后，对蓝雨，真的没有人再有期待了。老迈的“索克萨尔”，完全不足以抵挡如日中天的斗神。

至于首轮第一回合的其他场次，比较让人意外的是百花战队在首轮就输给了霸图。

毕竟是第一次，有评论这样说道：

季后赛的节奏和常规赛不一样，他们需要适应。

这场失利，可以让他们尽早意识到季后赛的不同，想办法去调整。现在输，总比进了决赛才输要好。

他们是聪明的选手，一定会找到办法的。

种种议论，可以看得出百花的支持者在这一场失利后心态依然轻松。他们一边倒地分析着百花失利的原因，为百花接下来的胜利描述着必然。

没有人在意，也没有人提及霸图的实力。

因为霸图上赛季季后赛首轮就被淘汰，因为这赛季霸图最终只列第七。

这看起来就是一个季后赛一轮游的炮灰战队。但是没有人留意，上赛季季后赛霸图就算炮灰，那也是冠军嘉世的炮灰。如果没有嘉世，霸图会走到什么位置？没有人想过这个如果。

首轮第二回合，三天后再度打响。有哪些队伍在今天就可以从首轮突围冲出，所有人都在期待着。这一回合，将决定各队的命运。在各队的备战室里，气氛比起第一回合自然要严肃紧张得多了。

“大家放轻松，只要发挥出我们的实力，就一定可以击败对手。”在百花战队的备战室里，队长孙哲平对队员们说着。

上一轮，百花战队确实出现了一些问题。因为季后赛的淘汰赛制，让他们在比赛中有些患得患失，放不开手脚，最终惜败霸图。而现在，在背负着第二回合再失利就直接出局的压力下，百花战队的形势要严峻许多。但是经过这三天的调整，队员们的心态却都已经放平缓。

“平常心，就当做平时的比赛来打。”这是队里这三天相互说得最多的一句话，紧张的心情，终于渐渐被消弭了。而此时，他们即将站上赛场，孙哲平最后一次提醒着队员们。

“明白。”大家点头。

“平常心。”有人又说出这三天来他们经常强调的一句话。

而后，出发！

走出备战室，正巧他们的对手也在出发，从对面的备战室里，霸图战队的队长韩文清率先走了出来。

“韩队好。”孙哲平向对方打着招呼，常规赛中大家已经相识。他的比赛风格，有一些人说和韩文清有几分相像。孙哲平自己也无法完全否认这一说法。确实他所喜爱的打法和韩文清表现出的勇猛、刚强颇有几分相像，孙哲平早就知道这一点。韩文清也是孙哲平一早就关注到的前辈。

“你好。”韩文清点头，接过孙哲平伸来的右手，握在一起。

“今天赢的，会是我们。”孙哲平一边握手，一边说道。

韩文清笑了笑。

“你们还早。”他说着，将孙哲平的手放开，领着他的队友向场上走去。

“场上见。”他头也不回地朝着身后的孙哲平还有百花的队员们摆了摆手。

“走吧，不要输给他们！”孙哲平对着身后的队友们说道。

“是！”大家应声。

张佳乐更是举起右手，对着霸图战队做了一个枪形。

“砰！”他模拟着放出了一枪，队友们笑。

“出发。”他将手指缩回，像模像样地还在嘴边吹了吹后，说道。

“出发！”队员们齐声叫着，迈步向着场上走去。

百花对霸图，是这一回合最受关注的一战。看好百花战队的那些人，都想看百花在这一回合里怎么翻盘。

但是各战队的粉丝，优先关注的当然还是自家战队的比赛。

蓝雨战队的观众方阵，比起第一回合，似乎缩小了不少。

“打倒叶秋！”但是方阵中，依然有少年精力无穷地高呼着。

观众们笑，怜爱地望着这个少年。

第一回合来过现场观战的，大多都已经认识了这个少年，听说是叫黄少天，是蓝雨青训营的孩子，自称将会是蓝雨的核心级选手。

孩子的话，大家嘻嘻哈哈地也就这么一听。黄少天对蓝雨战队这不顾一切支持的劲儿，让他们无论如何也不可能讨厌这个少年。而和他一起的另一个少年，看起来就要沉默得多，没有这样跳起来大喊大叫过。他随身带着一个硬皮本，在比赛的过程中经常会在上面写些什么。

据说也是蓝雨训练营的，叫什么喻文州。而他对比赛的关注，比任何人都要认真。几次有一旁的观众想要和他说话，他都置若罔闻，心思确实是完全沉浸在比赛当中。于是，也就没有人会去打扰他了。

今天，黄少天依然精力无穷地为蓝雨加油。而喻文州的神情，看起来比上回合来时要严肃得多。

大概，是想到蓝雨极有可能被淘汰吧？粉丝们想着，不由得有些心疼神色凝重的喻文州。

“会赢的。”坐在喻文州旁边的一个姑娘，这样对喻文州说着，希望能让这孩子不要这样一脸难过的神情。

喻文州看了她一眼，没有说话。

“虽然会很难……”姑娘说道，对方虽是孩子，但是孩子的《荣耀》水平也未见得就低，更何况人都介绍了是蓝雨训练营的。所以，对于难度的存在这孩子当然也会很清楚，姑娘于是也就主动指出来了。

“是啊……会很难。”喻文州说着。姑娘当然不知道，喻文州的判断，远远比她想象的要高明清晰得多。

这场比赛，想获胜，会很难，非常非常难。

可能性，只有一种。

那就是对手犯错，犯大错，致命级别的错。

除此之外，喻文州真的没有想到任何可以取胜的办法。叶秋的强，对蓝雨而言已经悬殊到了如此地步，除非他自己犯错，否则蓝雨已经没有办法制造出任何胜机。

叶秋会犯错吗?

喻文州研究了所有他可以找到的，叶秋的比赛资料。

没有人可以不犯错，叶秋也一样是人。但是叶秋却能比他的对手更先一步地认识到自己的错误，对手还没来得及捕捉他失误产生的漏洞，他就已经飞快地弥补上了。很多时候，对手甚至都没有察觉到叶秋有过失误。

能做到这种程度，已经称得上是无懈可击了。喻文州试图引导叶秋犯错的构想，很快就夭折了。

技术全面，意识出众，经验丰富，反应敏捷，手速惊人。

研究得越深，越觉得叶秋的可怕。喻文州简直无法想象，竟然真有叶秋这样的人存在，一个完美的、根本挑不出漏洞的存在。

这样的人，指望他自己犯错……

喻文州估摸只能靠下药这一类的场外招了。

他当然不可能这样做。

所以，叶秋无解。

所以，蓝雨会输。

一场喻文州已经提前料定结果的比赛。他就是怀着这样的心情，在观看。结果，终于也没有出乎他的意料。

蓝雨输了，输得很惨，摧枯拉朽般地就被叶秋和他的嘉世击败了，是四场对决中最快结束的一场比赛。

嘉世率先进入次轮，他们的庆祝，还有他们粉丝的庆祝都很平静。一场意料之中的胜利，显然并不会让他们觉得惊喜。

蓝雨的粉丝，虽难过，但也不是那么难以消化，这也是他们早已想到的结果。

但是那个活跃的少年，此时却还是不肯罢休。

“废物老鬼，连叶秋都打不过！你是猪吗？”他在叫着。

真是个任性的小鬼。

这一刻，大家觉得黄少天有点不可爱了。蓝雨虽然输得很惨，但是场上队员都已经拼尽全力，尤其队长魏琛，大家都知道他因为年纪状态下滑，即便如此，他也贡献出了自己最大的力量，这一场他的发挥，已是近期少有的精彩。

真的不是蓝雨不给力，是对手太强大啊！

这种时候，这样指责付诸全力的选手，实在太不礼貌了。

“小鬼，不要乱说。”有人不客气地指出了这一点。

“魏琛队长的表现已经很好了。”

“就因为有他率领，没有人敢轻视蓝雨，嘉世也是很辛苦才能击败他的。”

“看下赛季吧！”

大家纷纷说着。

黄少天不说话了，看到他沉默，大家又忍不住要上来安慰。但是，终究没有人完全清楚这个少年在难过什么。

他也知道叶秋和嘉世的强大，知道摆在魏琛他们面前的是一个不可能完成的任务。但是他无法控制的，还是要期待他们完成。

因为他知道，这，可能就是魏琛最后一次站在比赛场上了。蓝雨还会有下一个赛季，但是魏琛却不会再有。虽然他一直没有明说，可是队里大多数人都已经猜到，方世镜前辈也无意间流露出了魏琛准备退役的消息。

胜利，他已经没有机会再去争取了，所以这一次，黄少天真的是无比期待着蓝雨的胜利。但是结果，却在首轮就被残酷地击败了。

蓝雨的选手走出了比赛席，在向观众们致意着，他们的第二赛季，到此为止了。

队长魏琛也在其中，但却不经意地和队伍拉开了些许距离。

他就一个人站在那儿，怅然四顾，若有所失。

再然后，他站在赛台上，点起了一根烟。刚吸了一口，就已经被保安包围，在他拒绝将烟掐灭后，只好客气地将他请出场外。他在保安的簇拥中，举手挥了挥，向着蓝雨粉丝的方向。

观众们笑成一团，黄少天却已经泪流满面。喻文州望着魏琛的身影在保安的簇拥下在选手通道里消失，失了会儿神，就把注意力重新放回了比赛场上。

还未结束的比赛，还有三场。备受关注的那一场，也正打到激烈处。

百花对霸图，胜，还有一回合的生机；败，本赛季就将到此为止。

从第一回合起，人们就一边倒地看好百花，哪怕第一回合最终百花告负，但第二回合，人们还是对他们寄予更多的期待。

但是结果，百花再度陷入苦战。

比赛已经进行到了团队赛。之前的个人赛和擂台赛双方各有胜场，团队赛，就将决定这一轮的最终胜负。而在经过一场异常胶着的拉锯战后，百花的支持者们终于长出了一口气。

该赢了吧？

他们都在想着。

想不到霸图还挺难缠的。

也有人开始高看霸图。

下一轮会怎么样，真不好说呢！

也有人开始觉得百花未必就能胜过霸图。

但是比赛还没有真正结束。

太多人选择性地遗忘了这一点，只因为场上的形势看起来十分明朗。

绝大部分角色已经倒下。霸图还站着的只剩下他们的队长韩文清的“大漠孤烟”。而百花战队，“繁花血景”双核都在。这可是一对一加一必然会大于二的组合，面对韩文清孤身一人，百花的胜利，还有任何问题吗？

没人觉得有问题，包括场上的孙哲平和张佳乐，打到这一步，两人都各松了一口气。

“前辈，承让。”孙哲平在公共频道里认真地说着。一直以来他最关注的都是叶秋，而这位风格和他相近的选手，孙哲平虽认可他的实力，但多少还是有一点点忽视，至少从来没有把他放到和叶秋等同的位置上。

但这场比赛，在已经确定了胜势后，他却将韩文清摆到了和叶秋等同的高度上。

“击败您，就像击败叶秋一样不容易。”孙哲平接着说道。这实在是很高的赞誉，看到孙哲平对韩文清有这样的认可，观众都是一片哗然。没有人觉得韩文清强如叶秋，大家都觉得孙哲平这话是胜利者礼节性的客气。

但是韩文清的回应随后跳出。

“我败了？”他问道。

所有人闻言一愣，末了忍不住一笑。

从理论上来说，韩文清当然还没败，但是打到这个地步，胜负还有什么悬念？如此揪着对方的话头说事，这份倔强实在有失风度呐！这种时候，打个GG自己退出很难吗？

单从风度而言，就不够一流啊！好多人心下想着。但是韩文清的“大漠孤烟”却在此时忽从角落冲出，飞身而起，挥拳砸下，攻向孙哲平的“落花狼藉”。

孙哲平正在检讨自己呢！他觉得自己方才那话确实有失对对

手的尊重，哪怕局势已经如此明朗清晰，但是比赛确实还未结束啊！结果眨眼间，“大漠孤烟”竟已冲向了他，飞在半空中的身影，在他的视角中投下一片阴影。“大漠孤烟”凌空一记崩拳，朝着“落花狼藉”的脑袋轰来。

退！

韩文清骤然发动的强攻让孙哲平稍有忙乱，但到底还是做出了应对。“落花狼藉”小跳后退，双手挥起了手中重剑。

裂波斩！

来自魔剑士的低阶技能，超级实用的可破霸体的抓取判定，让任何一个剑系职业的选手都不会放弃这个技能，哪怕只是学习一级。

正在空中的“大漠孤烟”避无可避，眼看着剑锋挑起的法术结界向着他的身上套去。与此同时枪声响起，手雷飞出，张佳乐的反应也丝毫不比孙哲平逊色，“百花缭乱”的攻击也已经展开。

“大漠孤烟”就这样不肯屈服地暴露在了百花双星的剑锋、枪口之下，刚刚还觉得韩文清有失风度的观众，这一刻却都有些失神，“大漠孤烟”的身姿是那样的义无反顾。不到最后一刻绝不妥协，这，才是韩文清的风度。

剑锋闪过。

裂波在空中旋转荡开,“百花缭乱”扔出的手雷也已经撞上,火光一片。

“大漠孤烟”的身形却在此时急坠。

怎么会?

孙哲平一惊,明明已经中了“大漠孤烟”的“裂波斩”,居然没有完成抓取?

如此,只有一种可能。

轰!

“大漠孤烟”落地,大地似乎都在震颤,孙哲平可以感受到自己的“落花狼藉”有一个微微的跳起,不受他控制的跳起。

千斤坠!

拥有连任何抓取判定都可以无视的强力霸体效果的技能千斤坠。在刻不容缓的一刹那,“大漠孤烟”从冲拳转成了这个技能。

孙哲平对“大漠孤烟”骤然发起的强攻还能有个反应,但这顷刻间的变化却让他束手无策。

对手早有图谋,凌空发起的一击,不是为了更显悲壮,而是要引诱孙哲平放出裂波斩。

“落花狼藉”的武器是重剑,攻速最慢,施展“裂波斩”的收招,时间也会稍长。

就是因为这么一点点的迟缓，让孙哲平无法跟上韩文清的攻击节奏。

千斤坠，震得“落花狼藉”微微弹起，“大漠孤烟”的拳跟着已经挥出。

冲拳。

“大漠孤烟”的拳，冲向“落花狼藉”，带着他自己，一同向前，始终保持对“落花狼藉”的紧贴。瞬间滑前三个身位后，一记前踢已经甩出。

另一端的“百花缭乱”可没闲着，只是接连丢出的手雷都被“大漠孤烟”的快速推进甩到了身后。而他和“落花狼藉”的紧贴，让“百花缭乱”的枪口一时间也找不准目标。张佳乐正在操作“百花缭乱”走位抢出角度，被前踢击退的“落花狼藉”，却一下子向着“百花缭乱”撞来。

张佳乐连忙操作“百花缭乱”闪避，但是视角人影再一闪，韩文清的“大漠孤烟”，竟已施展着云身，如影随行地继续紧贴“落花狼藉”。只是这一次，刚刚才闪过“落花狼藉”的“百花缭乱”，顿时也落入了“大漠孤烟”贴身的范围。

双虎掌！

“大漠孤烟”双掌翻起，一左一右，竟将“落花狼藉”和“百花缭乱”扣在了一起。

全场目瞪口呆，就看着“大漠孤烟”暴风骤雨般的拳脚，飞快地砸落到百花战队这对双花组合的身上。

以一敌二，怎么打?

韩文清给出了一个简单明了的答案:将两个对手串在一起，一块打。

两个角色的生命飞快下降。

凭拳法家的拳脚，想这样一次黏住两个目标并不能持续太久。很快就会因为某个技能冷却而陷入无以为继的地步。

但是眼下已是残局，每个角色的生命都已经不多。不能持续太久，却已经足够，尤其韩文清很刻意地将攻击最大限度地向着当中的一位倾斜。

一套连击打完,“落花狼藉”僵在了当地。在所有人难以置信地注视下，生命清零，缓缓倒下。“大漠孤烟”的拳脚未停，集中击向了“百花缭乱”，攻击一人，他用的是另一个套路。

一个被拳法家贴身的枪手，结果会怎样?

这个结论，看起来就像之前的残局那样想当然，可是现在还没有人来得及消化这个结果——大家还没从上一个“想当然”被击碎中醒过来。

百花双核，独对韩文清一人，这是要输?

当所有人开始认识到这一点时，结果已经无比清晰地摆在了他们面前。

“百花缭乱”倒下,“大漠孤烟”成了场上最后一人。

胜利者，是韩文清。

进入下一轮的，是霸图战队。

这是场内最后一场结束的比赛，这个结果，愣是让场馆内半天都没有人声。只有电子音一遍一遍地在场内回荡着，宣布着这一回合比赛的胜利者，恭喜着进入下一轮的战队。

最后结束比赛的两队选手，也在这时走出了比赛席。霸图战队的选手们激动不已，疯狂地冲向他们的队长。就在最后一刻，迎上韩文清目光的时候,所有人忽然止步,平静地互相击掌、握手,礼貌地相互庆祝着胜利。韩文清笑了笑，也没说什么，然后望向了另一边，他刚刚击败的两个对手。

输了?

孙哲平走出比赛席时，还有些无法相信，他扭头看了眼，看到张佳乐还坐在比赛席上发着呆。而百花的队友，个个也都是垂头丧气。

上空的大屏幕上，正在回放韩文清瞬间击杀他们二人的精彩瞬间，孙哲平抬头看着，呆呆地，一遍又一遍，就好像他还未进入职业圈时，一遍又一遍地看着叶秋获胜的精彩瞬间。就连张佳乐什么时候站到他的身边，他也没有察觉。

看了足足有四遍，孙哲平突然狠狠地骂了一句。

大屏幕上不只有战斗的回放，连同战斗之前公共频道里的对话也有闪过。

“前辈，承让。”

“击败您，就像击败叶秋一样不容易。”

他自以为获胜，他自以为对韩文清的称赞很由衷，但是现在，这些全像耳光一样抽在他脸上，左一记，右一记。

比起输掉比赛的难过，孙哲平更觉得羞愧。

“我的错。”他对站在他身边的队友们说道。

“我欠大家一场胜利。”他低着头，没脸去看任何人。

“呃……”队员们面面相觑，迟疑着。

“那啥。”终于有人开口，“队长你不要这样，我们也是新人，你这样我们也不知道该接啥好。”

“对对对对。”其他人纷纷道。

孙哲平抬起头，看着众人。

“就当是吸取教训吧！”张佳乐说道。

“你不要和没事人的一样。”孙哲平斜眼看着他，“刚才也有你一份的。”

“咳咳。”张佳乐不住地咳嗽着。

“那么，明年再来。”孙哲平看着大家。

“明年再来。”所有人用力点了点头。孙哲平向着赛场另一边看去，霸图的队长韩文清，也正在望着他们这边。碰到他的目光后，微点了下头，就率领着霸图战队在观众的欢呼声中离开了。对于霸图的支持者们来说，这场比赛的最后一瞬间，实在太过瘾，太值回票价了。

首轮比赛就这样结束了，所有挺进次轮的战队，都用两个回合就干净利落地击败了对手。

下一轮的对手……

韩文清站在场馆前厅的电子公告牌前，望着已经更换过的赛程图。

“呼啸吗？”一个声音自身后传来，韩文清回头，就看到叶秋叼着烟站在他身后，也在望着电子公告牌。

叶秋所说的呼啸战队正是霸图战队下一轮的对手，而嘉世战队下轮要迎战的对手——韩文清目光扫到另一个半区，和嘉世争夺总决赛席位的是……

“微草。”韩文清说道。

“嗯。”叶秋点点头，“有个很不错的治疗新人呢，说起来我觉得你身边就缺这样一位能掌控大局的高水平治疗，要不要把他挖到你们霸图去？”

“还嫩。”韩文清说道，他当然知道叶秋说的是谁。微草战队的新人方士谦，一个水平相当不错的治疗。这赛季下来已经有不少战队在打他的主意，霸图战队的老板也有来问过韩文清的意见，他未置可否。他不否认方士谦的天赋，但就目前来看他觉得方士谦还不够成熟。尤其是喜欢在牧师和守护天使两种治疗职业之间轮换使用的做派，让韩文清觉得有些变化过头，这不是他心目中最适合霸图的治疗风格。

“唉，你不要看不起新人啊！两种治疗职业的轮换使用，多么有悬念。”叶秋说道。

“那你可不要输给他。”韩文清说着，转身就准备离开。

“我怕你输给那个流氓。”叶秋说道。霸图战队的对手呼啸战队中，也有一位不错的新人林敬言，是一位操作流氓的选手。

“决赛见。”韩文清挥了挥手，已然走开。

三天后，季后赛次轮第一回合打响。这次是由四支战队捉对断杀，而对胜负，赛前就有了一边倒的预测。这一次终于再没有爆出冷门。微草和呼啸虽然各有不错的新人，但是依然敌不过嘉世叶秋和霸图韩文清的老辣彪悍。两回合后，两队就被干脆利落地淘汰出局。这在人们眼中是顺理成章的事，仿佛这两队就是天生的失败者一样。

呼……

方士谦从比赛席中出来时，长长地出了口气，流露出很清晰的疲态。

嘉世……真是太强了。

方士谦揉着有些酸楚的双手，无奈地叹息着。他已经尽了自己最大的努力，但是终究还是无法阻挡嘉世的胜利。他没有埋怨任何人的意思，只是确凿地感受到了他们微草与嘉世之间还是有着明显的差距。

“士谦辛苦了。”微草的队长林杰这时来到他的面前，对方士谦这个新人说话，竟然颇为客气。

“队长，还有大家也都辛苦了。”方士谦连忙道。

“我们就算辛苦，又能怎么样呢？”林杰苦笑着。他会对一个新人这么客气当然不是没有原因的，因为方士谦这个新人的水准已经超过了他们。

依靠着方士谦在后方的拼命支持，他们才能持续战斗这么久。可是最终，他们依然没能做到什么，这让他们这些做前辈的，竟然成了后辈的负累，让他们有些无颜面对这位新人。

“您别这么说……”方士谦有些惶恐，他丝毫没有嫌弃前辈们实力不济的意思。他们在这方面的自责，让方士谦感到十分难受，他不知道自己到底该怎么做才能让前辈们不要这样妄自菲薄。

“放心吧！下赛季一定会有改变的。”林杰说着，目光向着看台上望去，那边有他们微草的支持者，还有他们微草战队的未来。对此，他充满信心。

“您是指？”

“你知道的。”林杰笑道，“他已经完全具备这个实力。”

“可是我们现在，暂时没有位置吧？”方士谦小心翼翼地说着。可以上场比赛的选手就那么多，有新人加入，就要有旧人被挤开。前辈们都那么好，无论将谁替换掉方士谦都很不忍心。

“位置嘛，有能力者居之。”林杰说道，“说实话，我根本不具备冲到那个位置的实力啊！”他一边说着，目光再次转动着，落到了欢庆胜利的嘉世和霸图两队的选手身上。而他们当中最强的那位，这时早已经悄然退场。想想那位的实力，林杰唯有苦笑，那是他做梦都无法企及的高度。

“队长你！”方士谦惊讶地望着他们的队长，他怎么也没想到，队长竟然要亲自退位让贤，将自己的位置和角色，交给那个家伙吗？他承认那个家伙很强，自己对他也没有什么特别的看法，可是……

“队长我们不能没有你啊！”方士谦叫道。

“什么话。”林杰笑着，“这个队里最弱的就是我了吧？这么好的角色落在我手上都快蒙上灰了呢！我可是比谁都希望看到它发光发亮的。”

“您一样可以做到的！”方士谦急道。

“傻话。”林杰摇了摇头，目光，再次投向了那片看台。

“以后就交给你们了。”他说道。

“队长……”方士谦望着他，怔怔地再也说不出什么来。

又过了三天。

终于迎来了本赛季的最终决战。

人们所期待的黑马百花对王者的挑战并没有上演，但是霸图这个对手，也没有让人觉得失望。韩文清在首轮第二回合战中，最终时刻以一敌二干净利落地打爆百花双核的情景令人印象深刻。人们这时才发现，常规赛里打到最后一轮才拿到第七名的霸图战队，一进季后赛反倒横冲直撞起来。惊险刺激的淘汰赛制没有让他们变得小心翼翼，反倒越发的凶狠彪悍起来。

人们回看了上赛季的比赛，留意到季后赛首轮淘汰霸图的正是嘉世战队，可这一次，可谓是复仇之战。再然后，叶秋和韩文清在昔日网游里的对决，都被翻出来书写。斗神和拳皇之争的话题，终于全面爆开。

有坚信斗神实力，也有期待拳皇能推翻王者的。冠军之战，就在此时打响。

“出发。”韩文清起身，领着霸图的队员走出了备战室。对面嘉世的队员也正出来上场。韩文清知道在这里是碰不到叶秋的，那个家伙喜欢扮神秘，总是趁无人关注时偷偷溜进比赛场，领队的事，都是交给吴雪峰的。

朝着嘉世队首的吴雪峰点了点头，算是打过招呼。他和吴雪峰也是《荣耀》网游初期的老相识了。听吴雪峰说他和叶秋第一次野外PK时，吴雪峰就是围观者之一。韩文清当时倒是没注意到吴雪峰，他只知道那之后确实经常看到“气冲云水”这个气功师在“一叶之秋”身边晃悠，两人的默契，从那时就已经养成了。另外还有一个家伙，不像个正经玩家，但实力也强得可怕。韩文清记得那位是个神枪手，也一直厮混在网游里，但就在《荣耀》联盟成立以后，却没有像叶秋、吴雪峰，还有他这些网游中已成名的高手一样被人挖进职业战队。

那家伙是没有他们这样的名气，但他就在叶秋身边，韩文清不相信叶秋会不向战队推荐他的实力。他后来找机会问过叶秋，结果……

"他死了。"

叶秋的回答，让韩文清再也没有提过这个问题。

走过选手通道，迈向比赛场时，韩文清想起了不少过去的事。几年来，和叶秋不知道PK过多少次，从网游里，一直打到职业比赛。

他赢过，但是输得更多。

他心底早就承认，比起叶秋，他还是稍逊一筹的。他们这一拨有名的好手里，能让他服气的也就这一位。除此以外，无论是现在领着嘉世上场的吴雪峰，还是已经宣布退役，离开了蓝雨的魏琛，上赛季和叶秋争过冠军的皇风战队的高手吕良，抑或是那位去世了的，很有些天才的神枪，韩文清都不觉得有压自己一头的水准——只有叶秋。

所以这真是一个难得的好对手。

是的，他只把叶秋当对手，可没有因为自己稍逊，就将自己摆在挑战者的位置上。

因为在韩文清的心底，实力，并不意味着胜负。每一场战斗，就是一次全新的开始，追逐胜利，一次又一次，一如既往，从头再来。

而这一次，他站到了一个被很多人视为是终点的位置。但他本人却没有那么多强烈的感想。他和每一场比赛前一样渴望胜利。而将这个胜利拿到手后，他就会开始渴望下一次的胜利。哪怕是总冠军，也一样。追逐胜利，那是永远不会有尽头的，韩文清希望自己可以永不停歇地追逐下去。

双方队员走到了比赛台上，因为叶秋从不在这种时候露面，所以也就没有什么赛前针锋相对的交流。吴雪峰那是一个老好人一样的角色，和他是起不了什么冲突的。

双方队员握手致意后，各自进入了比赛席。

总决赛和之前的两轮不一样，再不会有两回合比赛，一场决定胜负，以此来保证比赛的精彩连贯。个人赛三分，擂台赛两分，团队赛五分。若各得五分，再打加时。但单人的赛事分数松散，极少有队伍可以一边倒地全拿五分。单人赛拿不满五分，那即使拿了四分也会因为团队赛占了五分大头一并输掉，所以单人赛在这种赛制下着实有点鸡肋。有关赛制的改革一直就有各种建议，但联盟至今还是没有想出一个完美的赛制，只能就先这样将就着。

如此一来，个人赛和擂台赛也就成了双方互探虚实的前哨战。两队派出参赛的六位选手倒是都没有闲着，“乒乒乓乓”你来我往全都走了一遭，最后打出了个差不多是平分秋色的三比二。胜负不值得太在意，在这个过程中有谁暴露出了什么缺点才是关键。

不过说实话，这都是赛季最后一场总决赛了。两队相互的研究在赛前早就做透，怎么也轮不到在这最后一场里才突然发现什么。大多的，还是看状态。单人赛里发挥不太好的，很有可能就会是团队赛里被对手强攻的突破口。但是也说不定人是在单人赛里故意伪装状态不佳，然后在团队赛里以此下套呢？

所以说这单人赛已经不是技术和实力的较量，而是成了智慧和阴谋的角斗场。不过嘉世和霸图这场三比二看来还是打得比较实诚，没发现有什么尔虞我诈。等擂台赛结束后，全场都是精神一振，知道接下来才是重头戏，才是真正的决胜负。

看台上不止是《荣耀》的粉丝，各大战队也有组织粉丝到现场来观看的。不过看着事不关己的冠军争夺，最泛滥的情绪还是失落。

“明年，我们要站在这里！”百花这边，孙哲平指着赛场说道。

几天下来，首轮出局的阴霾散去不少。最终他们目标要打倒的战队，和最终淘汰了他们的战队在决赛相遇，这场比赛当然一定要来看。

“明年，无论是谁，我们都要全力以赴地击败他。”孙哲平说道。只把视线锁定在叶秋和嘉世身上的态度，他彻底改正了。在这职业赛场上没有弱者，都是需要去认真应对的强敌。

“说得好。”有人接口称赞着。孙哲平望去，看到的是微草战队的一行人。接他话的是微草战队的队长林杰。说实话，这位战队队长的实力，孙哲平觉得挺一般的，但是如今的他不会轻视任何人。

“谢谢。”他向林杰点头示意。

“你们也要加油啊！”林杰对他身边的两个少年说道。

“嗯。”王杰希点了点头，而他身边的方士谦虽也在点头，脸上却闪过一抹难过的神色。

“下赛季让你们领教我们微草的厉害。”林杰对孙哲平笑着说道。这赛季的常规赛他们两遇百花，结局都比较狼狈。

“是吗？很期待啊！”孙哲平笑着。他看了看林杰身边的两个少年，似乎很被期待的样子。方士谦他认得，和他一样是第二赛季的新人，实力非凡，备受瞩目。但是另一位……孙哲平没见过，是微草下赛季的新人吗？

一旁的张佳乐也因为听到他们说话，于是朝微草那边望去，也看到了那个他们并不认识的少年。张佳乐礼貌地笑了笑，没有放在心上。此时的他自然不会想到，这个他并不认识的少年，将是他职业生涯中最大的噩梦。

“比赛开始了。”

不知谁说了声，于是大家结束了聊天，认真看向了比赛现场。而在看台上的某处，蓝雨战队所在的位置，自始至终，一直都很安静。就连一向聒噪的黄少天，今天的话也格外的少，一直一脸不忿的模样。

方世镜坐在他身旁，看他这模样也是一脸无奈，心底对魏琛也有几分不满。这家伙，在蓝雨首轮的比赛结束后，领着全队一起去吃了顿饭，然后说了句“我走了”，居然就真的走了，彻彻底底，完完全全地消失。蓝雨方面对外公布队长魏琛退役的消息时，他的人早就已经不在蓝雨了。

电话关机，QQ不回，“索克萨尔”的账号，被他好好地留在了战队，然后他就这样人间蒸发了。

退役而已嘛！需要这样吗？

方世镜想起来真有些火大，多年老友，居然这样不辞而别玩消失？

而在他的心底，多少又有些体谅魏琛的心思。他知道，他这样做，是因为他太舍不得蓝雨了，不得不用这样绝情彻底的方式，斩断他和蓝雨的联系。他大概很怕自己一个迟疑，就改变了自己狠下心做出的决定吧？

改变就改变嘛！

反悔就反悔啊！

以你的节操，做这种事很有压力吗？

想到魏琛决心下得如此痛苦，离开得如此决绝，方世镜心里也是难受至极。至于战队的成员，大多数人都还好，只有黄少天一直骂个不停，骂了几天后，却就是这样罕见地沉默了。

方世镜有些担心，这小鬼，心理不会出什么问题吧？他有些束手无策，更加埋怨起魏琛一声不吭就把蓝雨这摊子全交给了他。他倒是给俱乐部那边留了封信，俱乐部也很尊重魏琛最后的建议，方世镜，现在已经是蓝雨的新任队长，而下赛季的蓝雨阵容，魏琛留信里说就由方世镜来斟酌。

斟酌什么？

就是斟酌下赛季要不要让这两个小鬼注册出战吧？

你这家伙，知不知道你这一走，那个话痨现在变得沉默是金啊！我该怎么办啊？

方世镜看着黄少天，神色担忧，但又不能就这样置之不理。

“少天啊！”他开口，这才刚叫了一下黄少天的名字，却见黄少天突然一跃而起，伴随着场上团队赛的开始，站在坐椅上大声喊道：“老鬼，你就放心去死吧！我会替你报仇的！”

四周观众神情错愕地望过来，黄少天却已经跳下来重新坐好。

“仔细研究，看看怎样能干掉他们。”而后他向一旁的喻文州发号施令。

喻文州却摇了摇头，“实力不够，这个根本问题不解决，研究也无用。”

“你说谁实力不够？”黄少天瞪他。

“你，我。”喻文州说着，抬眼又看了方世镜一眼。

“哎，你别看我啊！”方世镜说道，“未来是靠你们的。”

“是啊！得未来才行呢。”喻文州说。

“未来……”黄少天喃喃自语，说实话他也不是那么狂妄自大。在蓝雨战队里，他打魏琛都是输多胜少，而魏琛在比赛场上被这些高手打得有多狼狈，他也一直看在眼里。

实力不够。

这个事实，其实早已经血淋淋地摆在他面前。他在新人堆里的出众，一点都不代表他能站上这个舞台，和斗神，和拳皇一决高下。

“一年。”黄少天忽然说道。

“什么？”方世镜在一旁没听清楚，团队赛已经开始，比赛场内两队的支持者已经开始较劲，一片喧嚣。

“再给我一年时间。”黄少天望着场上，已经战成一团的两队强者，“一年之后，我和他们一决高下。”

“好，一年。”方世镜用力点头。看看黄少天，看看喻文州。一年之后，这两个少年会将蓝雨领向何处呢？无论魏琛现在在哪里，他都希望魏琛可以看到。这，应该是你所期待的蓝雨未来吧？

方世镜的思维，已经飘到了一年之后，场上已经进入了白热化的对决。

嘉世和霸图，在这场本赛季终极之战中，竟然都没有根据地图布置什么战术，就这么很粗暴地在地图中央直接相遇，然后五对五地短兵相接，随机应变，临场发挥。这实在不像是一场职业水准的比赛，简直就是《荣耀》网游竞技场里的一局五对五。那些临时组成两队的玩家，自然不会讲什么部署，讲什么战术配合，就会这样直接地在地图正中相遇，然后技术见红。

想不到这场总决赛，最终竟然也要用这样的方式决定胜负？

所有人都在惊讶着，都在想着两队是不是有什么后招，但是场上两队的队员却都清楚，没有后招，没有什么部署。这场比赛，就是要用这种网游中最原始野蛮的方式分出胜负。

因为这样的方式，他们最熟悉。因为这样的方式，他们最不陌生，甚至包括眼前的对手，都让他们仿佛一下子回到了那个还在网游中打拼的年代。

嘉世战队，那是《荣耀》网游中以嘉王朝公会为班底的。叶秋领衔，与公会中的几位知名高手，组成了这支战队。

霸图战队，则是网游中霸图公会的班底。由韩文清率领，清一色也是他们公会中的高手。

早在网游中，他们互相就不陌生。

早在网游中，他们就一直是对手。

刷副本、抢Boss、野外PK、竞技场对决。

他们就是这样一路一起走过来的，他们是对手，同时也是朋友。

而现在，总决赛，这个已经被视为《荣耀》最高水平的舞台上，他们两队相遇了。单人赛里一对一对地厮杀，让他们一下子回忆起了昔日网游中的峥嵘岁月。而后他们很快意识到：能这样相遇的机会，不会太多了。

两年，这才两年,《荣耀》联盟职业化的飞快进程他们看在眼里。培养新人、签约转会，这些制度在快速完善，各队也在以越来越职业的方式壮大自己。很难再像最初一样，靠相熟相近的朋友组成一套阵容。

所以，这可能是他们最后一次发生这样的碰撞了。谁也无法预知他们当中的哪一位，会在这样职业化的发展竞技中被优胜劣汰，谁也不能肯定来年的赛场上，站在自己对面的，抑或是站在自己身边的还会是同样的人。

所以，就用这最高的舞台，来缅怀，来纪念一下过去吧！

不需要沟通，不需要招呼。两队极有默契地以最快的速度相遇，厮杀在了一起。

网游里，他们就是这样，向来都很珍惜时间，其疾如风，侵略如火。其徐如林？不动如山？那当然不行，点卡在燃烧呢！

激战。

放在职业圈里，有些不成套路的激战。

但是痛快、肆意。

不过即使是这样，该有的讲究还是必须要有。比如，虽然秉承网游里速战速决的风格，但是谁也没说就不带治疗了。那样的话就太粗陋，太没技术含量了。职业不职业先不讨论，关键是会显得很没高手风范，很菜鸟。

于是，双方都带着治疗，打出了这样一场大混战。一边打着，一边公共频道里也不闲着。当初网游的时候，一边打一边语音直接开骂，何其痛快。职业赛不给开语音，必须文字输入，说是为了把所有细节都呈现给观众。虽然这会浪费很多时间，但是眼下，有些话真是不吐不快。

“发情你个××，这一手还是当年和我学的吧？”骂声渐起，用的称呼都是当年网游里互起的“昵称”，发情，那就是嘉世这边元素法师“法不容情”的简称。网游里嘛，都是叫网名的。真名大家互相也不知道。

“××××，这××是我们老大开创的雏形。”

“雏你个××形，偷学老子不认？”

“认你个头，你××。”

“×××。”

“×××××。”

一时间，公共屏幕里“××”飞舞。在这职业赛场上，对脏话的屏蔽力度自然是比网游里还要强大智能得多。两队人杀得兴起，叫骂也忘了规矩和限制，各种“×××”层出不穷，看得观众大做填词游戏，各种烧脑。

比赛就在这样的疯狂状态中进行着。

倒下，不停地有角色倒下。

叫骂，只要还有一丝血在，就不会停止叫骂。

终于在一片目瞪口呆中，比赛变得有点宁静，因为场上终于只剩几个人了。

霸图，韩文清的“大漠孤烟”。

嘉世，叶秋的“一叶之秋”;吴雪峰的“气冲云水”。

而此时，距离团队赛开始才刚刚过去五分钟。一场全年最重要的决胜局，竟然只用了五分钟，就要见分晓了。

二对一。

从局势上看，结果很明朗了。可是在有过“大漠孤烟”一人打爆百花双核的表现后，这个场面，观众再也不敢轻下结论了。

但是场上的选手，似乎并不这样认为。

“你看，这就是差距了。”“一叶之秋”在频道里说话，好难得，居然没有××。

“你身边，缺个有实力的帮手。”“一叶之秋”继续说。

一片哗然，这一通乱战打出的结果而已，你这边多活下来一人，还就上升到对方身边没有好帮手的高度了？霸图战队除韩文清之外的其他选手个个可都不弱，都是网游中就打出名气的好手。

“不如转会我们嘉世，我帮你啊！”“一叶之秋”又说。

再哗然，总决赛里，这还公然撬起墙脚来了？这还有没有人管了？

不过说起来，这个邀请，真有点让人动心吧？这可是来自冠军队的橄榄枝啊！这要成了，“一叶之秋”和“大漠孤烟”联手？我去这画面太暴力了，简直不敢想啊！

观众看着跳出的文字已经开始浮想联翩了，“大漠孤烟”这边却已经异常简洁地回答了对方。

“滚！”

非常简捷直率的拒绝，这让霸图战队的支持者们顿时松了一口气。

“那就死吧！”“一叶之秋”喝着冲上，“气冲云水”跟着冲上。

“大漠孤烟”不退，迎上。

会再现一挑二的奇迹吗？

有人在期待着，但是……没有。

叶修不是孙哲平，吴雪峰也不是张佳乐。

他们两人的配合，没有“百花缭乱”那么绚丽，但却更加简捷、自然、实用。让人有时都意识不到那是一个配合。

“大漠孤烟”那一回合解决百花双核有多快？“一叶之秋”“气冲云水”解决“大漠孤烟”就只会更快。只是一转眼的工夫，“大漠孤烟”已然倒下。

“这要还收拾不了你，你都会瞧不起我吧？”“一叶之秋”说着，系统已经裁定了胜负。“荣耀”两个大字，几乎破屏飞出，这是本年度最闪耀的一次“荣耀”。只是这决出的方式，让人有点回不过神来。这场总决赛，让人们有点不知道该从什么角度去评论。它粗鄙简陋，却又真情流露。

这好像是对过去的一次道别。从此，这里的每一个人，都将正式走向职业化的道路。

他们争冠军，争胜负，争一次又一次属于他们的——决战时刻。

巅峰荣耀

见证奇迹的时刻

《荣耀》联盟第二赛季的总冠军——嘉世战队！

季后赛结束后，铺天盖地的报道随之而来。嘉世，继第一赛季后再度拿下总冠军。

这个结果高于一切，可在职业选手们的眼中，这个结果却另有一番微妙。

因为那场总决赛。

那场团队赛只用了五分多钟就见分晓的总决赛。

任性！

这是从职业视角出发，对这场比赛最直观的一个感受。被视为《荣耀》最高级别的决战舞台，因为两队的任性而失去了那种殿堂一般的光芒。表现出的是在《荣耀》网游竞技场内随处可见的草根、草莽气息。

因为两队皆出身草莽，他们用这样的方式对他们的过去做了一次完美的终结和告别。他们终将彻底踏上这个职业的舞台，用职业的态度，保持职业的精神。

而这一切，有的人能感受到，有的人不能，还有的介于两者之间。这是《荣耀》的一个时代变迁，每个人都来自不同的阶段，都有着不一样的心情和感受。但在未来的日子里，所有踏上这个舞台的人，都将只有一个共同的目标：胜利，冠军！而每一个夏天，都是冲向这个目标的起点。

微草战队。

一个小时后，他们即将召开有关新赛季的发布会。战队在这个夏天做出的调整，新赛季的计划和目标，都会在这个发布会上作出公示。不过微草战队所有成员都知道，最重要的，是借这次发布会推出一个新人，一个新赛季即将披上微草战袍征战，让微草上下都备受期待的新人。

王杰希坐在休息室里，等候着发布会的召开。

他会是今天的主角，但是他对此一点都不觉得紧张，也没有觉得有多兴奋。

队长称赞他是天生的大场面选手，他也只是笑笑。他不知道如果自己真的站在大场面的比赛中会怎么样，但这样一个发布会，他没觉得算什么大场面——虽然他将是被捧的那个主角。

“小王，准备得怎么样了？”这时，微草的新闻发言人来到休息室，看到王杰希已经等在这里，特意问了一句。

“没问题。”王杰希说道。作为主角，他当然也要在这发布会上发言讲话。队里怕他一个新人应付不来，发言稿都是特意帮他准备的，照着说就可以。王杰希对于这样的场面话并不是很感冒，但是战队需要，那自然是要积极配合的。

“好，用不着紧张。我先去忙了。”发言人笑着说道。

“好的。”王杰希起身相送。

发言人在出门前，看了一眼王杰希捧在手里的水杯。

“不要喝太多水。”他又叮嘱了一句。

王杰希笑着点了点头。战队对他的关心，真是太无微不至了。

休息室随即又只剩下他一个人。王杰希安静地坐在那里，没有做任何事，直至房间门又一次被人推开。

方士谦。

微草战队上赛季的新人，立即就获取了主力治疗的地位。如果不是百花战队席卷联盟的百花双核孙哲平和张佳乐，他无疑是最令人眼前一亮的新人选手。

进入第三赛季，方士谦就不再是一个新人，对于才要进入联盟的王杰希来说，更算得上是前辈。看到方士谦进来，王杰希下意识地起身问好。方士谦点了点头，没有说什么，坐到了一边。也不和王杰希说话，脸色阴晴不定地在那里沉默着。

王杰希望着他的神色，也保持了沉默。

他记不清从什么时候开始，方士谦就总是这样一副不怎么好看的脸色。好像，就是在季后赛被嘉世淘汰以后？王杰希觉得自己如果没记错的话，大概就是从那时候开始的。

起初他不以为意，毕竟队伍被淘汰，没有谁会感到开心。可是现在距离季后赛结束已经快两个月了，新赛季即将开始，所有人都已经在为新赛季积极认真地准备，方士谦，却依然这样一副闷闷不乐的样子，这就让王杰希觉得有点莫名其妙了。他和方士谦没有什么私交，自然不便多问。只是隐隐间觉得，方士谦的不开心，似乎有几分针对自己的味道？

什么原因？

王杰希不清楚。

哪怕是战队内最有可能产生矛盾的竞争关系，也不成立。方士谦的职业是治疗，和其他选手几乎不会有竞争上的问题。

方士谦也是要参加稍后的发布会的。因为上赛季的出色表现，他现在也已称得上是微草的当家选手。而王杰希，会是微草接下来要力捧的主力。总不会是因为这种原因就对自己心有芥蒂吧？发布会在即，王杰希猛然想到这种可能，忍不住挠了挠头，但终究无法说什么。

两人就这样一言不发地在休息室里闷坐着，直到房间的门又一次被推开了。

“队长。”看到来人，方士谦已经飞快地站了起来，王杰希一边站起身，一边有些惊讶方士谦这飞快的动作。

“你们两人都来了啊！”微草队长林杰走进来，冲着两人一笑。这次发布会安排要出席的选手，就是林杰这个队长，还有方士谦这位微草上赛季表现出色的新人，以及本赛季微草将要力捧的新人王杰希他们三人。

“是啊。”方士谦看了王杰希一眼后答道。王杰希忽然注意到，在林杰面前，方士谦那有些阴郁的神色一下子就隐藏起来了。

这家伙，还真是在冲自己摆脸色啊？

王杰希这样想着，心下也难免有点不快了。

“嗯，你俩都坐吧！”林杰朝两人示意了一下。

“队长你坐。”方士谦让到一旁，要林杰坐到他原本的位置上。

溜须拍马吗?

王杰希在一旁冷冷看着，已经坐回了他自己的位置，对方士谦更加不以为然起来。

“你坐你坐你坐。”林杰却是连声说着，将方士谦按回到了他的位置上，然后随手拉来一张板凳，坐到了两人的对面。

对微草的这位队长，王杰希就很有好感了。虽然说他的《荣耀》技术不能算很顶尖，和叶秋、韩文清那种顶尖大神更是没法比，但是这丝毫不影响微草队员对他的尊重。他不是凭实力，而是凭自己的人格魅力吸引着大家，领导着这支战队。至于自己旁边这位，技术倒是很好啦，但是……王杰希已经在为有这样的队友感到头疼了。

“下赛季就要靠你们了呀！”林杰这时微笑着对二人说道。

“是。”方士谦马上答道。王杰希则只是点了点头。既然方士谦喜欢在队长面前多表现，就让他去抢这风头吧！王杰希默默地想着。

“王杰希。”谁想林杰对方士谦点了点头后，接下来的目光却就全都落到了王杰希身上。

“队长。”王杰希望着林杰。

“我和俱乐部方面都沟通过了，我们一致认为，你可以承担更大的重任。”林杰说道。

“啊？”王杰希稍有点茫然，不知道林杰这话是什么意思。

而一旁的方士谦此时脸上闪过难过的神色。他知道那一刻就要来了。他实在不愿意看到，甚至有几次做梦队长收回了这个决定，也找队长谈过共存的可能性。但是，最终一切都没有改变，林杰依然坚持着他最初的决定。方士谦此时很有一股冲动——冲上去！阻止林杰继续说下去。但是，他终究没有如此幼稚，只能在一旁黯然神伤。而这些，正疑惑林杰话里用意的王杰希就没有留意到了。

“你呢？”林杰接着说道，“有没有信心多承担一些责任？”

“我还是不太明白。”王杰希依旧疑惑着，“多些责任……是指什么？”

“‘王不留行’。”林杰说。

王杰希一愣，只是听到这四字的，他的心跳就忽然开始加速。

“王不留行”，林杰手中操作的角色，职业魔道学者，微草战队的核心角色。《荣耀》中有一个系统，叫装备编辑器，可以让玩家借此自行制作出超越游戏设定中最高端的橙字装备的自制装备，因为字色为银色，通常被称为银装。

而到目前为止，在整个《荣耀》圈中，真正做到超越橙装有价值的银装并不多，武器，也就是所谓的银武尤其少。

斗神“一叶之秋”手中的战矛却邪就是当中最为有名的。从网游进入职业圈时，他就是拎着这柄战矛杀进来的，领先了很多角色一个层次。算上“一叶之秋”，圈中拥有银武的角色依然屈指可数。

蓝雨的“索克萨尔”，拥有银武手杖——灭神的诅咒。

霸图的“大漠孤烟”，拥有银武拳套——烈焰红拳。

再有皇风的“扫地焚香”，银武战镰——即死领悟。

再然后，就是微草的“王不留行”，手中的银武扫把——灭绝星尘。

如此，没了。

因为各队都加大了对装备编辑器的投入和研究。在新的赛季，或许将有更多的银装、银武涌现出来。可在之前的两个赛季，银武，就这么五件。

而“王不留行”和灭绝星尘，是最不引人注目的。因为微草战队的成绩不算十分亮眼，尤其是角色“王不留行”的表现，并不十分出彩。

这绝不是因为“王不留行”不强，抑或是银武“灭绝星尘”是水货，而是因为“王不留行”的操作者，微草的队长林杰，水平真的不能算拔尖。和掌握着其他四件银武角色的四位操作者相比，似乎只能和上赛季状态大幅度下滑的蓝雨魏琛比一比。

而魏琛，在经历上赛季糟糕的表现后，已经直接扔下战队狼狈离开了——至少外界都是这么传言的。

林杰的水平……不出众，这不是什么秘密，林杰自己也从不避讳这一点，甚至经常拿此来自嘲，说自己拖累了大家。

现在，林杰突然提到了“王不留行”。

时间好像在这一刹那停顿，休息室也在这一刹那变得极安静。王杰希觉得好像听到了自己的心跳声，因为他隐隐意识到了那种可能。于是，这一刹那对他来说有点过于漫长了，直至他终于听到林杰接着说下去：“我和俱乐部一致认为，‘王不留行’交给你，是最好的安排。就是不知道你怎么想？”

“我……”王杰希激动。这还能怎么想？任何一位职业选手，对驾驭顶尖的角色，使用顶尖的武器，都只会充满期待吧？

他的这副模样，被方士谦看在眼里了。他没有说话，对于王杰希立即表现出的急切和热情，他显得有些厌恶。

但王杰希很快就平静下来，他没有一味地幻想着自己驾驭“王不留行”的情景，而是马上想到了因此会带来的另外一个冲突。

“那队长你呢？”他问道。

而他的这一问，让一旁的方士谦神色一暖。当然，此时的王杰希完全没有心思去注意方士谦什么表情。

“我？”林杰笑了笑，“你先不要管我，就先说你，有没有信心驾驭‘王不留行’。”

王杰希沉默了。

激动和兴奋也只在初听到这消息的一瞬间。这里是职业圈，不是网游，爆到一件好装备就是纯粹的发糖。在这里，在微草战队，“王不留行”有着特殊的意义。

这是微草的当家角色，驾驭着“王不留行”的人，那就是微草的核心选手。

微草要给他的，并不是一件更加有趣的玩具，而是林杰一开始就说的——更大的责任。核心选手这个身份的责任。

在此之前，这个人是林杰。

他的实力不能算最强，但却依然让大家服气。由此可见，核心选手，也不是说光有实力就可以，还得要有大家的信赖。

自己，可以吗？

王杰希没有马上回答，他很认真地低头想了想，然后抬头，望向林杰："我想我可以。"

"好！"林杰笑得越发开心了。就在王杰希沉默的时候，他真有一些紧张，他担心王杰希会推托，他担心王杰希会自信不足。虽然说信心也可以培养，但终比不上本身的自信满满。林杰对王杰希的期待可是很高的。

而现在看来，王杰希的沉默，不是在纠结犹豫，而是在思考，他在思考自己能不能担得起这个责任，然后，他给出了肯定的答案。他不仅自信，还很理智，王杰希的表现，比林杰期待的还要好。

"很好。"他由衷地又赞扬了一遍，那么对于接下来的安排，他就更放心了。

"既然这样，那么我就再给你加些担子。"林杰说道。

"啊？"王杰希不解地望着林杰。

"连同我队长的位置，一并拿去吧！"林杰缓缓地说道。

"队长?!"王杰希惊讶地叫了出来，一旁的方士谦，更是直接站了起来。

林杰，非但没有如方士谦梦中一样更改决定，反倒做得更加彻底，他居然要连队长的职务都交给王杰希，他是准备怎样？想像蓝雨的魏琛一样离开吗？这绝对是微草任何人都不愿意见到的事情。

“我不同意。”方士谦不顾一切地叫道。

王杰希望向方士谦，他看到方士谦眼中的惊讶，不舍，拒绝，还有……恐慌。这一刻，他完全没有理会方士谦，更没有因为方士谦的这个决定，对方士谦流露出什么不服或是不爽的情绪，他的心思，全然集中在队长林杰的身上。

王杰希顿时明白了。

方士谦这些日子以来一直郁郁寡欢，就是因为早知道了林杰会做出这样一个决定。他不是嫉妒王杰希会得到力捧，只是因为林杰放弃了“王不留行”，让出了核心角色而感到难过。也因此，对要接过这一切的王杰希流露出了几分不爽。无非就是那种“如果不是你，就不会发生这些”的孩子气了。

而现在，林杰竟然要将队长的位置都交给王杰希，这一点看来是方士谦之前都不知道的。他惊讶，不安，以至于失态。因为这一决定的背后恐怕会有更难以接受的事情。角色让出来了，核心地位让出来了，队长也都不担任了，这之后，林杰还有留在微草的必要吗？

没有！

那么这一决定的背后，隐藏的就是林杰的退意，他是想将战队完全彻底地交给王杰希了。

“我不同意……”方士谦重复着。他当然也清楚他根本没资格，没立场说这话。但这就是他的态度，这就是他的想法。林杰交出“王不留行”，让出核心位置，这都罢了。但是现在，他竟然准备离开？这个对他们所有人照顾有加，一直引领着他们努力向前的队长，居然就这样准备离开？

不同意！

不答应！

方士谦摇着头，他希望林杰能快点收回这个决定。但是林杰却只是微笑地看着他，笑容灿烂而温暖。方士谦表现出色时，或是狼狈失意时，林杰都这样笑着赞扬他，安慰他，鼓励他。这笑容让他安心，这笑容让他很快地适应了职业身份，这笑容，让他没有办法再闹脾气……

“这也是我和俱乐部沟通过的。”林杰看回王杰希，继续说道，“当然，也要尊重你的意愿。”

“但是……我希望你可以接受，因为我觉得对微草而言这是最好的决定。抱歉，这样做有一些自私，将所有责任都推到了你身上。”林杰接着说道。

“我……”这一次，王杰希真的有些踌躇。他做好了成为职业选手的准备，他愿意接受一个强大的角色，他也愿意试着充当一位核心选手。但是，作为队长来领导一支战队？而且还是一个新人，身边的每一位队友，都是比他更有资历的前辈……

当核心队员，只要有高超的技术实力，终归还是可以应付的。可是当队长，仅凭此那可就真的不行了，自己，应付得来吗？

王杰希有一点想推托，他看了一眼一旁的方士谦，发现方士谦也正在紧张，并且期待地望着他。

方士谦知道林杰认真做出的决定，是不会因为他胡闹而更改的。那么这种时候，只有一种机会，那就是王杰希自己拒绝。如此的话，林杰也一定不会让王杰希为难，他就是这样一个人，从来不希望任何人觉得勉强。

王杰希立即看出了方士谦的期待。

这样决定，似乎也蛮好的。王杰希想着，他也着实不愿意林杰就这样离开，他相信只要林杰还作为队长留在队中，无论他上不上场，是不是核心，那都会是定海神针一样的存在，会让所有人觉得心安。

这样，应该才是最好的安排吧？王杰希想着，已经准备开口推辞担任队长，但是，当他看向林杰……

在方士谦的眼中，有他的期待；同样的，在林杰的眼中，也有他的期待。

他没有闹脾气，没有孩子气，没有任何私念地期待着，期待着王杰希的决定，他期待的是什么，王杰希很清楚。他想推辞，那符合方士谦的意愿，也符合他自己的意愿，但是，就这样让林杰的期待落空？

林杰就那样笑着，没有给王杰希任何压力。王杰希相信就算自己推辞，林杰也会极好地掩饰自己的失望，然后愉快地接受王杰希的决定，让王杰希觉得自己做出了一个皆大欢喜的决定。

可事实上，并不是那样的啊！

所有人或者都觉得欢喜，所有人都觉得开心，可林杰呢？

“我……”王杰希开口。

“接受。”他说道。

“你疯了！”方士谦再度失态，跳了起来。他一直望着王杰希的神情，就在刚刚，他觉得王杰希似乎是要推辞林杰了，可是最终开口，他竟然选择了接受！

这个家伙！方士谦已有一些恼怒，而这一次林杰却没有顾上看他，就在王杰希说出接受的时候，他长长地出了一口气，一种前所未有的轻松包围着他。他也舍不得微草战队，但是舍不得不是一个好借口。他是一个可以让队伍一团融洽的队长，却不是一个可以领导队伍走向胜利的队长。他们是在打职业赛，不是在玩过家家，他们真正需要的，是胜利，是冠军，需要的是一个可以领导微草取得这些的人。

王杰希，就是这个人!

林杰坚信这一点。在这一点上，比起是否能在赛场上取得胜利，他要自信得多。

“那么，一会儿的发布会上我们就直接宣布这个决定吧！”林杰愉快地说。

“好。”王杰希点头。

一旁的方士谦冷着脸，只觉得手脚都是冰凉的。他怒视着王杰希，故意不去看林杰。

林杰看了他一眼，无奈地笑了笑。

“一会儿会有人来叫你们。”他站起身说着，然后向着门口走去，在拉开房间门后，忽又站住。

“我当了两年微草队长。”他没有回头，只是站在那说道。王杰希和方士谦一起望了过去。

“我想，这会是我做出的最正确、最英明的一次决定。你们，会是我一生中的骄傲。”说完，他走了出去，没有回头，只是轻轻地带起了房门。

方士谦站在那儿，愣愣地看着已经带起的房门。沉默了良久，回头，看到王杰希就站在他的身后。

“他从来都不会勉强别人。”王杰希忽然开口说道。

“你什么意思？是他勉强你了？”方士谦眉毛一挑，恼怒之极。这个家伙，接过“王不留行”，成为核心，当上了队长，难道还要说这都不是我想要的，这都是林杰强塞给我的？无耻！不要脸！

“不。”王杰希摇了摇头，“他总是在勉强自己。”

方士谦一愣。

勉强自己？

他想了想，发现，或许真是这样。林杰的实力并不强，但他却是微草的队长，微草的核心。其他人只见到这个身份的光鲜，却不知这个身份背上的担子之重。职业竞技，毕竟还是一个比拼实力的地方。他以不突出的实力，背负此等重担，这，不就是一直在勉强自己吗？

但是王杰希说这话是什么意思？是暗指队长实力不足以担此重任，所以交出来理所当然吗？

此时的方士谦，各种角度地揣摩着王杰希，王杰希这时却已经继续说下去。

“所以这一次，就让我们每个人都勉强一下自己，如他所愿一次？”王杰希说道。

如他……所愿吗？

是啊！

这就是队长的心愿啊！否则他又怎么会一一提出？

而自己呢？是已经被队长宠坏了吗？只知道一味地想着自己所期待的，根本就没有真心实意地去替队长想一想，他到底希望的是什么。

可是王杰希，他想得到的。

方士谦没有忘记，那一刻，王杰希本也是要推辞的。但是最后，他接受了。因为他看到了队长的期待，所以最终他更改了决定，为了成全队长，他最终勉强了自己，就像队长一直对他们所做的那样。

方士谦看着王杰希，说不出话来，恍惚间觉得，林杰的身影似乎在和王杰希重叠。

房门就在这时被人推开。

“两位，准备出席发布会了。”微草的新闻官亲自过来招呼房里的两人。

“好的，马上。”王杰希说道。

“走吧！”他对方士谦说着，迈步向门口走出。

“喂。”方士谦忽然叫道。王杰希停步，回头望向他。

“你一定要做到，不然的话我不会放过你的。”方士谦说道。

“那你也需要继续努力才行。”王杰希说。

“这么快就进入队长的角色了吗？”方士谦说。

“事不宜迟。”王杰希说。

“那你也不能忘了，我可是你的前辈。”方士谦说道。

“是的，还请前辈多多关照。”王杰希说。

“走吧！”

“走吧！”

两人走出休息室，走向发布会。接下来要发生什么，两人都已经清楚。方士谦免不了还是会有一些伤感。但是，他也已经做出了决定。他不会再去做那些勉强队长的事，他要去做那些队长所期待的事。

再见，队长。

你好，队长。

发布会上，方士谦一直保持着微笑，望着他身边的这两个人。

微草新人王杰希，直接被任命为微草队长，操作微草核心角色——“王不留行”！

新赛季开始前，这已经成了整个《荣耀》圈最受关注的话题。

冷不丁冒出的一个新人，居然得到了这等待遇，这个王杰希，到底有什么神奇之处？整个《荣耀》圈都在议论着这个话题，已经迫不及待地想看到这个新人在场上的表现。

“诶，这不就是那个家伙吗？”

难得，还有人能从发布会中就直接认出王杰希。

蓝雨战队的黄少天，看到这则新闻时有些惊讶。他本来已经忘了这个自称来自微草的家伙，但是现在看到新闻却立即想了起来，毕竟王杰希的双眼，是很有特点的，很容易被人记住。

“队长？操作核心角色？这家伙这么了不起？”黄少天继续惊叹着，身处职业圈，自然知道这两个身份意味着什么。而现在，王杰希作为一个新人竟然就已经独立扛起。

“你好像和他约好了，这个赛季要场上见。”喻文州不知什么时候来到了黄少天的身后。

“呃，这个问题嘛，看来我只好遗憾地放他鸽子了。”黄少天说道。在目睹过蓝雨在季后赛的落败后，他意识到自己自身实力还未足够，已经决心要刻苦再练一年。这个赛季，蓝雨并不准备把他推到场上，同样的，还有喻文州。只不过喻文州一早就清醒地认识到自己未够水准。

“这样的话，他就已经领先你一年了，还不快点加强练习。”喻文州说道。

“来了。队长的这套训练方案，真是够变态的。”他一边起身向着喻文州走去，一边抱怨。他口中说的队长，已经不是魏琛，而是方世镜，他将接过魏琛留下的“索克萨尔”，率领蓝雨征战这个赛季。但是谁都知道，方世镜只是过渡，蓝雨真正在期待的，就是这两个少年。从这个夏天开始，就没日没夜地拼命练习着的两个少年。

“下下个赛季，我们场上见。”正走到门口时，黄少天突然回头，望着屏幕上正播放的王杰希在发布会上讲话的镜头说道。

几日后，《荣耀》联盟第三赛季即将打响。

这个夏天，愈发职业的各大战队都在积极地调整、强化着自己。不过在外界看来，联盟的形势并没有什么太大的转变。虽有比上赛季更多的选手转会，以及签约新人的加入，但是已经赫赫有名的几大顶尖高手，却依然固守着己队的阵地。而他们，才是真正影响到对一支战队实力评估的大神。

两届冠军得主嘉世战队，依旧是叶秋和他的“一叶之秋”领衔。

霸图战队，也还是由韩文清和他的“大漠孤烟”坐镇。

百花战队依旧要继续他们的双核打法。

皇风、呼啸，这些上赛季进入季后赛的队伍也没有更改他们的核心阵容。

变化比较大的季后赛队伍，就是蓝雨和微草。

蓝雨魏琛退役，最终填补这一空缺的只是队中的自由人选手方世镜。这在人们看来实力有所下降，对蓝雨，这赛季抱有太高期待的人已经不多。

而微草，大张旗鼓地捧出了一个新人，又是核心又是队长，整个队伍似有让人耳目一新的感觉。对微草，大家倒是抱有很高的期待,尤其是对那个新人会有怎样的表现,这些天一直是《荣耀》圈最热闹的话题。

就在这样的喧嚣中，人们终于等来了第三赛季首轮比赛。微草战队将在首轮迎战赫赫有名的皇风战队。第一赛季进入决赛，第二赛季虽折戟于季后赛首轮，但在人们心目中，皇风依然是支不折不扣的强队。

因为他们的队长兼核心吕良仍在，因为他们拥有《荣耀》少有的，持有银武的顶尖角色，驱魔师“扫地焚香”。

微草那个王杰希的成色如何，就由皇风和吕良来验证吧！人们都在如此想着。皇风因此也受到了很多关注，而这，却让皇风战队颇有几分不爽。

“新人，队长，核心？是真有两下子，还是搞噱头？”首轮比赛前的备战室里，皇风战队的队长吕良拿着对这一场赛事预热报道的报纸说着。

“呵呵。”队里有选手笑着，“微草原队长林杰那水准，说实话，很适合换换人来搞搞噱头嘛！”

“哈哈哈。”众人笑。这玩笑刻薄了点，但林杰是队长级的人物里罕有的实力并不出彩的却是事实。

“林杰人是很不错的，但实力嘛，确实……”吕良没下具体结论，但话里意思所有人都懂。

“总之，场上见分晓吧！”吕良站起身道。

“对一个新人来说，你这口气是不是太重了？”有队员笑道。

“当心把对方吓哭啊！”

“哈哈哈哈。”

所有人又笑成一团，吕良也不禁莞尔。是啊！说到底也是个新人啊！自己这么说，倒是显得有些不潇洒了。

与此同时，微草战队的备战室里，气氛却要冷清得多。

这是他们新赛季的第一战，备受瞩目的一战。作为微草队友，大家都知道林杰为何会对王杰希这么看好，他们也愿意相信林杰做出的决定。只是现在，如此备受瞩目的一战，就连他们当中打过两个赛季的老选手的心情都不能平静，这场比赛对王杰希而言，压力确实大了点。偏偏他还是队长的身份，照理说整个队伍队长是最不能被压力压垮，是需要在任何时候都可以站出来点拨队友的角色。让队员们反过来去安慰、鼓励队长？大家纷纷觉得有些不适应，也就不知道说什么好了。

“喂，这可是第一战啊，你准备好了吗？”最后开口的还是方士谦，没安慰、没鼓励，就是这么大大咧咧地问了句，口气中挑衅的成分倒是多些。

“大家都准备好了吗？”王杰希望向所有人。

“嗯？”所有人一愣，我们都在担心你啊新人队长。

“一起努力。”王杰希说。

“好。”大家纷纷点头。

“你得加倍努力。”方士谦却还要戳着王杰希说话。

“你必须证明队长的决定是正确的！”他用毋庸置疑的口气说着。他所说的队长，当然还是指林杰，到目前为止，他还没有当面称呼过王杰希队长。而林杰在那之后真的就离开了微草战队，问他将来的打算。

“你们管呢？”一脸轻松的林杰第一次这样毫不客气地无视了所有人的关心和好奇，就此告别了大家。

而现在，听着方士谦这句话，其他微草选手都快哭了。你这家伙，不安慰、不鼓励就算了，居然还继续给王杰希施加压力，你这是卖队友呢？

“好。”王杰希却只是点头，应了一声。说太多也没用，一切，都需要用场上的表现来说话。

“时间差不多了，走吧！”

几乎在差不多的时间里，两队的备战室里同步出现了这样的提示。两队选手起身，走出备战室，在选手通道中列队相遇。

“你就是王杰希？”吕良看着身边，站在微草队伍最前的新人。

“我就是。”王杰希当然知道所有人对他的好奇，皇风战队排在队伍后边的选手都在踮起脚向这边张望着！

“紧张吗？”吕良问道。这是前辈对新人常有的对话，发生在两队队长之间那可是极其罕见的。这话一问，皇风战队里就已经有人轻笑出来。

“还好。”王杰希不咸不淡地回答着。

“期待你在场上的表现。”于是，吕良也淡淡地说了一句。

“同期待。”王杰希说。

“不会让你失望的。”吕良笑了笑，这个新人的模样，他有些不喜欢。

随后双方选手出场。

这个赛季开始,《荣耀》联赛有了电视直播。不过这也丝毫没有降低现场的上座率。现场观战的氛围，那是网络直播和电视直播都无法比拟的，更是无法取代的。

不过无论从现场还是电视直播中解说激动的语调，都可以看出大众对这一场比赛的期待。只可惜到目前为止各方对王杰希所知甚少，没有什么动人的解说词可用。于是，他的对手中的重点，大神级选手吕良，就撑起了更多的解说内容。

“王杰希的处子战，就遇到了很大的挑战，就和他现在所背负的责任一样啊！”解说最后出言感叹着。

而后，大家就开始关注双方的出场安排，关注王杰希什么时候登场亮相。通常来说，核心战斗选手都会在擂台赛的第三顺位出战，来争夺擂台赛的两分，当然也不乏放到个人赛里来确保一分的。

皇风吕良是大神级，那是自然排到擂台赛第三顺位确保两分的。他希望可以在单人赛里就遇到王杰希。当然，首先王杰希得在擂台赛出场，然后，得见到他这个第三人。

个人赛率先开打，观众们齐盯着微草这边的出赛名单。

第一个……不是王杰希。

第二个……不是王杰希。

第三个……还不是王杰希。

所有人都只等着王杰希上场，至于单人赛最后打成二比一，谁二谁一，很有一部分观众都忽略了。

要进擂台赛了吗？

吕良看微草个人赛出场三人都不是王杰希，心下想着。这样的话，他是有机会碰上了，不过……

擂台赛很快开打，微草第一个出场的不是王杰希，几分钟后，败下阵来。跟着第二个人上阵，大家再一看，还不是王杰希。

如此看来，那就是第三位守擂了，还真是核心级选手的安排。只是这样的话，把一个残血的“王不留行”送到自己面前，没多大意思啊！吕良开始猜王杰希可能是要进擂台赛后才出场，他担忧的就是这一点。在皇风拿下第一回合后，如此概率自是大增，但吕良总不能盼着自家选手落败吧？

不过这一战还真就是皇风的选手输了，然后第二顺位的上阵，选手张林，控制角色弹药专家“闪存”，用了半血，杀败了微草第二顺位，而后，就等微草擂台赛的主将了。

是谁？

万众期待，这要不是王杰希，所有人都会很失望，同时也会对王杰希所谓的核心地位有所怀疑。

终于，所有人看到了他们所期待的名字——

王杰希。

微草战队擂台赛第三顺位，核心选手最典型的安排，王杰希作为队长，正是这样安排自己的。

而摆在他面前的任务，可就无比艰巨了。

场上皇风擂台赛第二人张林的““闪存””还有一半生命，在他之后，更有大神级的吕良和他满血的顶尖角色“扫地焚香”随时恭候。

“这……”对王杰希就算再有期待，也不好指望他在这里拿下两分了。这种形势，如果出战的是叶秋，大家期待一下还显得合情合理一些。

“呃……”看到是这样的形势，单人赛事里不上场的方士谦又要开口讲话了，所有微草选手盯着他，这家伙，不会在这种局面下还给王杰希压力吧！这里赢不下两分，谁也不会觉得有什么不妥的。

“不要太难看。”方士谦到最后，终于只是别扭地来了这么一句。没做不符合逻辑的期待，但是终究还是要给王杰希加加担子。

王杰希却只是笑了笑，迈步走向赛台。

这，就是自己的第一战。

王杰希听着场馆内因为他出场而一下子提高了很多分贝的喧嚣。在此之前，他都是在观众席上感受这一些，而现在，他却成了喧嚣的制造者。

也就是这样吧！

他心下想着，虽然耳边很喧闹，但是他的心情很平静。此时的他，比较在意的就是林杰有没有在哪里看着这场比赛。他希望林杰有在看着，亲眼见证自己做出的决定没有错。

擂台赛第四回合，开始！

“新人队长，我来了哦！能做你的第一个对手，我感到十分荣幸。”皇风的张林一开场就在公共频道放垃圾话。

“来了。”王杰希没有无视，淡定地回应了一下，“王不留行”

已经冲出。

张林却没有让自己的“闪存”直接迎上，而是选择了迂回。

直接正面对抗，怎么能让新人领略职业赛的残酷呢？当然是要让他见识一下职业水准刁钻的阴谋和战术啦！

他计算了一下“王不留行”大致的移动速度后，就已经迂回选好位置埋伏了。在微微露出的视角中看到“王不留行”已经笔直地从中路冲上。

还不就是个新人？

看到“王不留行”就这样从他“闪存”的掩身之处掠过，张林不以为然地想着，“闪存”已经准备跳出，那样将正好偷袭“王不留行”的后背。

但在现场，在电视直播，网络直播，所有观看着比赛的地方，却都已经响起了惊呼声。

因为“王不留行”刚一从“闪存”埋伏的位置掠过就已经变向，驾着扫把飞在半空。张林操作“闪存”从埋伏处跳出，端起枪，却目瞪口呆地发现视角里竟然没有人。

“砰”！

跟着他就听到一声瓶子碎裂的声音，跳动着火焰的熔岩，竟然直接溅到了他的眼前。“王不留行”的这个熔岩烧瓶，直接就砸在了“闪存”的头顶。

张林已知对手消失去了哪里，一边后跳一边慌忙拉起视角，枪口举向上空，结果，没有！

上空居然也没有？

见鬼了？熔岩烧瓶难道不是从这个方向丢下来的？

张林再次目瞪口呆，但是局外的观众却都看得清楚，早在他抬起视角时，“王不留行”就已经从他的头顶斜掠飞过，此时，是在他的身后。

啪！

灭绝星尘名字酷炫，但到底还是一个扫把。这一下背身攻击将“闪存”从头扫到了脚，彻底之极，跟着反向再一刷——清扫！

魔道学者浮空技能。

“闪存”顿时不只被背身攻击，还被浮空了。

跟着驱散粉、寒冰粉……各种魔法药粉纷飞，灭绝星尘像是要清扫这些药粉似的不住挥舞着，然后就听“啪啪啪啪啪”的声音不绝于耳，扫把不住地扫到“闪存”身上，扫啊扫啊扫，生命就没有了。

“我去！”张林继续目瞪口呆，忍不住叫骂出声。

居然死了？

居然就这样死了？

他也是一个打了两年职业赛的职业选手，但是现在，连对方的人影都没看到，居然就被干掉了？

张林太过于惊讶，思维都不严谨了。王杰希的“王不留行”他还是有看到的，就在他将“闪存”埋伏在那里，得意洋洋看着“王不留行”从旁冲过的时候。

“什么情况啊？”退下场来的张林，问着自家的队员，他几乎要怀疑王杰希有作弊了。

队员也没多解释，指了指空中的电子大屏幕，让张林自己看。电子大屏幕上正在反复回放“闪存”被“王不留行”一气呵成干掉的情景。半血的弹药专家，就算是被贴身了有些不利吧，但直接被连死，还是有些狼狈、惨烈的。

“这家伙，怎么知道我在哪儿？”张林看了回放，还是不解王杰希怎么看出他的埋伏了。

“也不是知道你的准确位置。只是，正面过来没遇到你，猜到了你在埋伏。于是瞬间拉高，然后你自己就已经跳出，再然后，就是你看到了……”队友说道，这些都是他们看着比赛一起分析得出的结论。

“这……巧合吗？”张林不知道说什么好。正巧自己跳出的时候对方拉高，然后对方比较快速地发现他并做出攻击？

“也不能算。”队友说，“就算你不跳出，他拉出的高度也足够发现你了……”

“对方是魔道学者啊，你的那个选位……”所有人齐齐摇头，但是说实话，在张林选位后第一时间就觉得这个选位有欠考虑的人，还真没有。

“一个新人啊……我哪知道……”张林为自己辩解着。他有些轻视对手，大概就是因此做了一个不够百分百用心的选位吧？他如此想着。

而讨论也到此为止了，因为擂台赛的决胜回合即将开始。皇风的主将吕良出战，对阵王杰希满血的“王不留行”。刚刚那一场胜出，他一点生命损耗都没有。

这本该是吕良乐意见到的，可是王杰希这样轻松地就将他们皇风半血的角色击杀，却让他也觉得有几分不爽。

“小鬼，有两下子嘛！”一进比赛，吕良就在公众频道里放话，准备以前辈的姿态，好好指点王杰希一番。那自然就不会像张林那样想着打什么伏击，吕良操作着“扫地焚香”笔直在中路向前，看到王杰希的“王不留行”也是如此骑着扫把飞来。

“来吧，让我看看你的手段。”吕良的“扫地焚香”站定，并不先攻，而是等候“王不留行”上前，他准备后发制人。

“来了。”王杰希却不和他谦让,“王不留行”飞至“扫地焚香”身前五个身位格时，忽然打出一个魔法弹。

“就这样？”吕良一边打字一边轻松闪避，蓄势就要反击。谁知在闪避视角晃动时,“王不留行”突然升高，猛然就从吕良的视角里冲出。

“又来这手？”吕良敲着键盘，顺带一个冷笑的表情，依然没有影响到他对角色的操作。

升天阵!

“扫地焚香”用手中的即死领悟画出一个圈，一圈蓝光顿时升起。他根本没有抬起视角去找，只用这个升天阵的攻击，就要将“王不留行”给捉下来。

结果这一瞬间。

又是现场，又是电视直播，又是网络直播，又是所有观看着比赛的地方，齐齐发出惊叫声。

“王不留行”，骑着扫把飞在半空的“王不留行”。就在升天阵蓝光升起的一瞬间，忽然挥舞扫把，身形顿时向旁一偏，跟着再一挥,“王不留行”顿时急向下坠。

升天阵的蓝光掠过“王不留行”的身边，那模样，看起来像是“王不留行”在踏光滑行一般。

吕良的“扫地焚香”这时才施施然地抬头，举起视角，他已经准备好了下一步攻击，而此时的“王不留行”，当然应该是被升天阵打成浮空状态的。

“砰”！

“啪”！

接连两声。

“砰”，是熔岩烧瓶，正砸到“扫地焚香”抬起的脸上。

“啪”，是灭绝星尘，紧跟熔岩烧瓶之后，拍在他的脸上。

吕良顿时视角一黑——被扫把蒙到角色眼上了，那视角能不黑吗？

他慌忙要操作角色抽身退开，但是跟着下身又被扫了一下。

清扫！

又是这浮空技能，于是“扫地焚香”也浮到了空中。

整个过程并不完全相同，空中变向，贴升天阵蓝光滑下，整个过程比起之前直掠张林“闪存”的背后要赏心悦目得多，但是最终的结果却是一样。“熔岩烧瓶”砸头，扫把从头扫到脚，清扫浮空。

那么再然后呢?

再然后果然又是魔法药粉漫天飞,扫把“啪啪啪啪啪啪”地响。

不会吧?

观众目瞪口呆,难道吕良也要这样就被啪啪掉了吗?

没有,当然没有。

吕良不是张林。

驱魔师也不是弹药专家。

被扫在空中连打,但是吕良还是很快抓到一个机会。

星落!

就在空中的“扫地焚香”,那边武器抛向空中的过程都省了,一出手,即死领悟便如流星坠下,直朝“王不留行”钉去。

但是“王不留行”扫把又一拍,身子就已从流星旁掠过,跟着又挥舞了两下,空中两次变向,两个折向,吕良飞快地转视角,转得都快把鼠标扔出去了。

追不上,他的视角依然追不上“王不留行”的动作。因为“扫地焚香”还在空中,身子不可能随意转动,转动视角也就是扭扭脖子,自然就转不到的角度,《荣耀》就是这么真实。

而王杰希,竟然就对这真实有着准确的判断。“王不留行”闪过星落后两次变向,以不可思议的角度,眨眼间就已经钻到了吕良无法看到的死角。

“这家伙……是在变魔术吗？”

现场的观众席上，有人不由自主地惊叹着。

“变魔术吗？”离他不远的位置坐着的微草前队长林杰，听到这话之后很是赞同，“对啊，很恰当的比喻啊，我怎么一直都没想到呢？”

场上，“啪啪啪啪”声又起。魔道学者的特点是各种各样的魔法道具。然而在眼下这场对决中，大家看到更多的是“王不留行”各种匪夷所思的却又精准之极的走位。起初还只觉得变化多端比较好看，但在各路转播给切出了一个吕良的主视角后，大家才彻底领略到这走位对于王杰希的对手来说是多么的难受。吕良，这个经验不可谓不丰富的大神级选手，已经完全被王杰希给转疯了。百分之八十的时间，他的视角里都没有“王不留行”的身影，他的各种应对也越来越没章法，始终没有制造出明显的威胁。

不，准确地说，也不是没有。

开场时的升天阵，还有第一次被扫到浮空后，伺机放出的招数星落……

这些应对，对绝大多数人来说都是很有效的威胁。在遇到升天阵的时候，恐怕真就升天飞起了；在遇到星落的时候，恐怕也就被钉到地上了。

但是王杰希没有。

凭借精准的走位，不管是升天阵还是星落他都躲过了。而这些攻击看起来更是展示他的道具，将他那魔术般的走位衬托得更加华丽酷炫的道具。

就这样，吕良落败了。他唯一做出的成绩，就是没有让王杰希满血击败自己。“王不留行”终究还是被他的应对夺去了一些生命值。

现场鸦雀无声。

吕良，大神级的选手，居然败得如此惨烈？

王杰希，这家伙的魔道学者打法是怎么回事？

现场迟迟没有什么声音，只听到解说员充满激情地、奋力地呐喊着。

“魔术，这简直就是一场魔术表演！”不知怎么灵机一动，让他忽然想到了这个词，顿时觉得贴切之极，立即开始反复强调。

“对哦，真的就像魔术一样……”所有观众也极其认可这个描述，就在王杰希从比赛席中走出的时候，掌声终于在整个场内响起。“魔术”“魔术”的欢呼声此起彼伏。

就在那一刻，王杰希的打法被视为魔术。

就在那一天，王杰希有了一个绰号，叫“魔术师”。

“这算什么？”藏在观众席里的林杰笑容满面，却偏偏还要不以为然，“接下来的这个赛季，才是见证奇迹的时刻啊！”

图书在版编目（CIP）数据

巅峰荣耀. 第一卷 / 蝴蝶蓝著 ; 猫树绘. — 昆明 :
云南美术出版社, 2015.7（2018.6重印）
ISBN 978-7-5489-1979-7

Ⅰ. ①巅… Ⅱ. ①蝴… ②猫… Ⅲ. ①长篇小说—中
国—当代 Ⅳ. ①I247.5

中国版本图书馆CIP数据核字(2015)第121693号

责任编辑: 师 俊 韩 洁
特约编辑: 沈 鸿 邓 烨 苏婧文
美术编辑: 罗毅俊

巅峰荣耀 第一卷

著　　者: 蝴蝶蓝
绘　　者: 猫树
出版发行: 云南出版集团
云南美术出版社（昆明市环城西路609号）
印　　刷: 恒美印务（广州）有限公司
版　　次: 2015年7月第1版
印　　次: 2018年6月第3次印刷
开　　本: 1/32 889mm × 1240mm
印　　张: 7
字　　数: 77千字
ISBN 978-7-5489-1979-7
定　　价: 45.00元
